羅小曼——著

老師寫的序

揀盡寒枝不肯棲：我的學生小曼◎319劉麗鈴老師

　　小曼是我的學生，身為她的高中導師，我引以為榮。

　　其實高中時代，小曼不是一個太活躍的學生，她只是我眾多學生中的一個，我也沒對她投以特別多的關注。但畢業多年後的某一年，她突然拿了一本《皇冠》雜誌出現在我的辦公室，她說：雜誌上刊登了一篇她的得獎作品，想跟老師分享。我知道她文筆一向不錯，學生時代也常被我推出去參加別人避之唯恐不及的作文比賽，但我沒想到，畢業後她居然維持著寫作的習慣，而且稍有所成。

　　人與人之間的緣分深淺是一道永遠無法理解的謎題。按理說，師生情深，恐怕也需百世修得，但驪歌揚起，學生們翩然離去，卻也總是多年無從聞問。我們在各自的哀樂中年後，居然還能牽起彼此相繫的情緣，倒是令人驚嘆。而妳們仗著幾分生命經歷，開始稱我為「劉姐」，我才恍然大悟，原來，時間不是鴻溝，而是拉近妳我的橋呢！

　　我是個生活單純的人！唸書、就業、結婚、生子、退休，這一路，就在一條明確的軌道上走著，沒有意外、沒有驚喜，似乎人生本該如此。可是在妳身上，我看到完全一條不同的人生道路：高低起伏、曲折蜿蜒，完全沒有軌跡可循。我很好奇，那一路的風景是否更加旖旎可觀？或午夜夢迴，妳也曾撫

著傷口，嗚咽悲泣？但我知道，只要明日的太陽昇起，妳依舊會光鮮亮麗、精神奕奕的出現在大家的面前，因為妳從來不肯認輸，也不願意屈就。

即使，病魔悄然找上妳！

妳說：每一場磨練都是生命的功課，妳欣然接受。我雖然虛長幾歲，但對生命的領悟，我自嘆不如，真的！妳曾經是我的學生，但我覺得現在妳更像我的老師！

人，自始至終都是孤獨的，生命之途必須自己踽踽前行。路上相遇的人或許能夠陪伴多年，或許驚鴻一瞥，擦身而過，但終須一別。這些道理大家都懂，但要真正面對時，又有幾個人能坦然面對呢？至少我是毫無自信的。

罹病後的妳勇敢得令人欽佩，卻也令人心疼。所幸，妳的身邊不乏支撐的力量，姐妹、同學、朋友、學生……，這些都是妳無價的珍寶。回首來時路，妳曾經一步一腳印，烙下自己生命的印記。而今前瞻未來，我相信妳更能堅挺走去。懷抱著「也無風雨也無晴」的體悟，人生將無憂無憾，因為妳真正的活過！

同學們寫的序

我心目中的小曼◎319同學－蔡寶慧

　　小曼跟我是完全不同典型的人。她很會說話但不愛說話；她是個行俠仗義的俠女，說做就做，說走就走；她在臺上自信滿滿，可是私底下卻也有讓人心疼的憂鬱面。

　　她是一個真性情的人，敢做敢當，我很羨慕她，因為我無法做到像她那樣～如果人生能夠重新來過，我也想回到青春時期，我也想像她那樣～凡事靠自己，而不是只把自己的一生奉獻給家庭。我自然也有過滿腔抱負，我雖然沒有她的文采與身材，但我自覺也不算太差呀！我也想像小曼一樣做個獨立的女性！看到她充滿自信的站在臺上，把歡笑帶給臺下的聽眾，教人好生羨慕！她的歌聲美妙，話語有內涵，真的好喜歡。

　　她總說我的話很多，可是我不覺得啊！我覺得我是很好的聽眾，喜歡靜靜的聽她講話。她總是說我講的話同學們都會聽，而她說的話沒人能懂。我想可能是因為我頭腦簡單，想的及做的事情都簡單，所以同學們比較能理解我吧？

　　在學校時我跟她真的沒有太多交集，感謝在多年以後還能重新認識彼此，也能夠毫無顧忌的講出自己真實的感覺，無論是不滿或喜悅。年過半百，真的非常珍惜這種學生時代的友誼，毫無利益糾葛的單純。在一起開心快樂，不在一起也還會掛念彼此的感覺真的很難得！

希望我們友誼長存，無論身在何處，我都不會忘記妳這個朋友～我心目中的女俠！

小曼～◎319同學－銀子

一個同班3年，不熟的同學，畢業後同學幾次餐敘還是不熟，在我們年過五十，透過一本書+3天2夜之旅，驚覺我們竟然太慢熟。

2022年9月～小曼出書，這才把她從小看到大。哇！太了不起了，這滿身智慧的女人是我同學。

緣起於同學揪著北上旅行，竟浮出想去的念頭，還能獨自帶上小曼。回神時～啊？？都不很熟，怎麼玩，還3天2夜，去了再說吧！反正只要瞎攪豁出去就對了，坐車、吃飯、睡覺身邊有小曼，老天爺賞我的，我接住了。

臉上有酒窩，總帶著笑容，練過笑很久也不會僵。能寫、能說，小曼是家裡的二姐，高雄的江蕙，只要你能哼出一句的歌詞，她就唱給你聽，厲害呀！

她是歌唱班專業指導老師，也當歌唱比賽的評審，不喜歡冷場，跟她一起嗨翻天就對了，歌唱完了要用力拍拍手叫好，掌聲不斷中，妳可以欣賞到她沉浸享受掌聲的樣貌。

我們從嘴巴吃飯，餵飽肚子，小曼靠嘴巴吃飯，細細的嚼著、品味著、吸收發酵醞釀著，除了餵飽肚子還要餵飽口袋，必須為下一餐做準備，可以選擇好菜色挑好一點的吃，將累積的精華為值得的宴會場付出。

她愛一頭長髮，喜歡打扮，拍照時總會說我照片很多不差這一張，話語中充滿自信，殊不知我們對自己沒自信，更不會擺POSE，老是缺少一張滿意的照片。

　　小曼很專注，在海邊補口紅，側錄鏡頭慢慢靠近，都沒發現，回頭時，會很大方的擺POSE讓妳拍個夠。

　　這女人說自己愛哭，我猜她是水做的，心軟、感性、很容易被感動，放天燈那天大家都感受到了。

　　喜歡一個人其實很簡單，找到純淨單純的感覺就對了，聊著聊著就上心了。

　　我剛剛認識的高中同學，她叫小曼，為年過半百拾得一份真誠的感情喝采～銀子

我的同學小曼◎319同學－周嘉梅

　　課堂上朗誦著最佳的文章；老師讚嘆文章寫的好的同學；班上派出寫作比賽的同學獲獎。以上都是小曼

　　學生時期的生活點滴我已忘卻殆盡，但唯獨小曼寫得一手好文章之實力我還猶記在心。

　　學生時期和小曼沒有交集，任何的排列總是順著高至低。高與低總是二端遠遠地相望，故身高差成了彼此距離。

　　在三十多年後的幾次同學會重新認識小曼：歌聲優美的演唱者及歌唱老師（聽她唱歌我就聯想到江蕙）；各種歡慶場合的主持人（臨場應變能力、為新人成就完美的工作態度，我豎起拇指）。

有理想、有夢想、去實踐；認真用心過生活，總想著如何做到最好；每段文字、每句歌詞、每篇文章她都會細細品味其中義涵，體悟人生；有著深入的社會化，看盡世間冷暖與不堪。她依然保有赤子之心，良善、真誠面對世界。

　　每個人都是本值得翻閱的書。

　　當知道妳生病時，我幾個夜晚難眠，我跟心中的小曼說：小曼這本精彩、豐富的書我還未來得及細讀完整，妳別先走。

　　難得的我們幾位同學一起出遊，妳告知妳病況好轉，真替妳高興。

　　我要再細讀小曼這本書，請繼續書寫下去直到同學們白髮蒼蒼。

　　人生的價值，妳有！活的認真，妳有！活的精彩，妳有！不枉此行！

　　除了醫學進步，妳還有群愛妳的人，但憑這份福氣，一定會渡過難關！

給小曼◎319同學－鄧群範

　　當我拿到小曼的書時，真的覺得很震撼。一個罹患肺癌的病人，在治療期間寫下的自己的心路歷程，是多麼勇敢啊！

　　看完小曼的書為之動容！她是如此堅強的對抗肺癌。我相信看小曼的書會帶給我們滿滿的正能量，一如她的人一樣。她的微笑如陽光燦爛；她的歌聲像天使天籟。最後要祝福小曼永遠身體健康，青春美麗。

◎319同學－龔惠紋

雅惠～漸行遠去的高中記憶裡，偶爾竄出；似太陽深吻過的健康膚色襯著一對笑起來深邃酒窩的她，愜意身躺在校園活動中心內已不記得的某處角落，我倆無懼懵懵愉悅地說著未來的願景，是夢幻架構開店的草創圖。庫存的記憶裡盤點出的畫面只到這，圖像開始變得輕透，透到似一縷薄霧伸手觸抓卻不著痕跡的完全逃離。

隨著這大躍進的電子科技發達時代，我依舊選擇過著最簡單平凡的安靜日子，卻在一天的傍晚時分，竟被打亂了。科技光纖將斷了數十秋的潛藏鏽線給銜接上了。瀏覽著群組名單，生疏的往昔記憶一步步喚回。

小曼？好陌生啊！為了努力證實沒有老化失智，拚命的在五十年代出場近快汰換的的腦記憶體搜尋。完全斷線，沒有一絲記憶，早發失智不成？正為病症憂心暗忖尋醫時，手機面板傳來一小串再簡單不過的無澀文字「是我啦！雅惠」。這對症不偏倚的下針，腦疾和心病全除，煥然一新。重啟腦神經元經緯交織連結記憶區，牽動指間敲出蟄伏多年情感，甘心被當紅的line軟體平臺綁架，傾訴宣洩串串的思念和近況。行間字裡顯見她的成熟和豐富的閱歷，她更有深度了，原存記憶裡不同的她，因而如此再度回到了陌生。

帶著行前已建設多日但依然無法平息忐忑的心，參加了失聯重逢後的第一次同學會。眼前美豔的女人，小曼，嫵媚的名字如其人合宜到沒有一丁點牽強，我可是很陌生。偽裝不安怯生生頓足上前禮貌性的招呼，質樸熟悉的鄉調，款款縈繞耳

邊，沒錯，是雅惠！我三年同窗的好麻吉。

聯繫上後，經不甚多次的接觸，逐漸的，小曼也順理成章重新植入我的記憶體裡，女鋼鐵人是我對你新的條件式設定，全年無休，馬不停蹄。在斜槓社會型態你如魚得水，浪高潮退總能找到應對的方法，著實的迎接每一道浪潮。拜服妳的正念積極力，是我做不來、卻認定為成功要訣，但「不得不」是妳始終如一被迫成為勝利人生的答案。情非所願架上別人稱羨的光環，隱約滲出脆弱微光，小曼渴望呵護……

她想似清澈的溪水，迎接願意一親芳澤的人，涉水感受表裡層的溫度，踏足體會河床疊砌的石廓差異，親見順流碰觸石子產生的水紋下，折射出千變的光影點點，共享擦撞石子震頻發出的高低音合鳴出潺潺音律，真實貼近，放鬆投入去覺知感受她的細膩層次。那個外顯的鋼鐵強悍軀殼已倦了，她想逃離枷鎖褪去勉強自己生活的包袱，真實自在。這是我的錯覺嗎？還是我依舊是那個真正懂你的麻吉！

嗨～dear曼◎319同學－賴嘉淳

老實說，不太記得在校時我們是怎麼變得要好的？但與其說我們很要好，其實應該是我老是甲你黏牢牢。我記得當初要選社團時，妳問我要參加什麼團呢？我說不知道耶，妳很豪氣說：來柔道社吧！我的第一套柔道服還是妳借我的。雖然我的個性算活潑外向，但是卻又很膽小。當班上有需要表演、唱歌、帶活動時，妳就會帶著我陪我練習，一起Re流程。我記得

黃梅調中遊龍戲鳳的橋段、還有《梁山伯與祝英台》的樓臺會也是妳教我的。總之～有妳在身邊，我就是比較不害羞、敢瘋敢搞笑……

奇怪的是畢業後，我們竟然失聯近30年，直到7年前我們的班群互相尋找，才又聯繫上了。雖然如此，但再聚時卻完全沒有違和感。我們互相訴說著彼此沒有參與的故事及家庭情況。妳就是有種魔力，可以讓人很安心、很暢所欲言的說出內心話。

在團體中，妳總是善解人意，就算氣氛變得尷尬，妳也總能妙語如珠的化解。妳在人前永遠精神奕奕，但也正是我最心疼妳的地方。因為妳一直表現得太堅強了，而忽略了自己的身體狀況。

當知道妳身體裡有一些可惡的小怪物正在損害妳時，我好害怕喔！每看一次《鳳凰花開時，我學會了笑》中妳敘述的狀況就哭一次。因為，我好怕失去妳。我還沒有機會跟妳一起出國旅行；我好怕沒人可以聊心事，我們還要一起玩到老。對妳…有很多的感謝，謝謝妳在高中時期像姐姐一樣帶我進社團、教我唱歌、帶我表演；又在我們重逢相聚後，像閨蜜一樣傾聽我在家庭中遇到的無奈，當然還有一些限制級的（哈哈哈）。

總之，就是很喜歡妳，一直把妳當做我生活上的偶像。但我希望妳從現在起不要再這麼ㄍㄧㄥ了。偶像也是可以跌倒的，適時地示弱，OK的。

加油喔……未來會越來越好的，而我們也會如約定的，一起開心到老。319的同學都好愛妳的。我們會一直給你力量的～

彼時此刻

◎319同學－林淑芬

　　勇敢正向、風趣幽默、活潑大方、能文能武，她是一位兼具傳統與現代的女性；對生命中的考驗永不放棄，是我心目中的偶像與漂亮女神，她是我同學～小曼。

　　在校期間我與小曼並不是那麼熟悉，接觸的機會也不多。我總是站在遠處看著、欣賞著眼前這位帥氣熱情又活躍的女孩。幸運的，年過半百時，我們找回了最愛的導師與一大票同學。透過一次次的相聚，同學們再次串起年輕時純真的友誼，一起分享生活的點點滴滴，既溫馨又感動。只要想到319（3年19班）心中便注入了滿滿的溫暖以及喜悅。

　　同學們經過了社會的歷練、歲月的洗禮，以及不同的境遇，各有不同的、出色的生命涵養，與這些同學為伍，自己覺得很是驕傲，而～小曼就是其中的代表人物。

　　從小曼身上我看到了她的努力，一路走來，堅定地朝著自己設定的目標前進。她的生命力充盈豐富，善待週遭的人、事、物，知足又感恩的生活著。反觀自己，一直以來就是單調規律的工作著，日復一日。但是幸運的，從小曼身上我學會了勇敢、自信、快樂。

　　每次聚會結束就覺得很神奇，心裡有說不出來的快樂、幸福與滿足。原來擁有一份純真的友誼是那麼的美好，擁有一票足當榜樣的好友又是這麼幸福、快樂。這是我生命的珍寶，我會永遠慎重收藏。

同學們寫的序

前言

　　首先，感謝各位對《鳳凰花開時，我學會了笑》的支持。此書在九月一日出刊第一刷，十月初就售罄了。在考慮要不要進行二刷時，本書《彼時此刻》已經進行書寫。書寫當中，我會把《鳳凰花開時，我學會了笑》簡稱為「前書」。它們看起來是有關係的，但也可以單篇獨立。

　　聽聞了很多「前書」的讀者反饋，大部分的人並不介意小曼把過往的副刊作品及生活記事也編排進去，甚頗欣慰。「前書」寫得快，是因為，它繞著一樁事件的主軸，所以大概只花兩個月時間就完成了。知情的高中老師和同學說，依此速度可見，我可以成為一位多產的作家。其實，如果化療的療程進行總共是四次，那時剛好到一半；加上，掐了一下出版社的流程進度，大概需要一個半到兩個月時間進行瑣碎的編排、設計至出刊。此病來得急，令我害怕來不及完成這個夢想。我需要靠這樣的懸念，讓自己堅強渡過第三次、及第四次化療。於是乎，我努力篩檢這些過期作品，不得不承認有點便宜行事，但我還是有點責任感的，撿掉了時空背景不合現況時宜的篇章；如果不是趁著這個決心還沒退縮，它們還只是一堆報紙，在我的檔案夾裡。

　　我自己讀了好幾回。捧著成品，和二十幾遍不斷盯著電腦螢幕進行校正的感覺不同，兒子笑我自戀。他並不知道，我

在「前書」裡看到好幾個不同階段的自己：我像個孩子放聲大哭，想找人抱抱；後來跌倒了，要哭之前先看看周圍有沒有人，再決定要不要哭；最後，卽使摔得遍體鱗傷，管它有沒有人看到，也得立卽起身，撣一撣身上的塵，當作啥事沒發生，堅毅地，繼續一拐一拐的前行。

「前書」的情緒有點亂，像個歇斯底里的女人，時而理智，時而醉酒一般；其實那只是沒把作品時間清楚的標示出來，否則，依序而論，一看就知道，那叫「成長」。成長不單單只是經歷碰撞，而是整理、並且合理解釋碰撞，達到自我接受，促使內心更自由。

有人輾轉來問我，「前書」的命名是什麼由來？我想，以上是我能想到的最好答案了。

爲什麼要寫第二本？寫完「前書」送稿之後那段日子，我除了進出醫院，感覺行屍走肉，就是一直在等著書趕快出刊。然後在沒有體力的情況下，我什麼事都不能做！不能去上課，不敢去接場，也無法去玩。那刻，我感覺我還在呼吸，但其實已經死了。

醫藥在我的身體發揮了不小的療效！所以往終點站的踱步，已然慢了很多。我小心的重拾一些正常生活，偶爾還放肆地偷偷的喝點小酒。我認知到，眞的不能再像以前一樣奔波了，但我可以，用思路來和時間賽跑。第二本的時間要醞釀得更久，因爲不好意思再把過往的文字撿來用。再則，我發現書寫過後的審視，所謂「夢想」和「期待」沒有達到雙向奔赴。「夢想」，是一件成品，我完成了；「期待」，是我依舊在天天觀察著不同的

人、不同的事裡，發現我想做更多更不同的事。

所以，我又打開了筆電。

然後，央請我的高中國文老師，也是帶了我三年的導師，劉麗鈴老師為我的下一本書著書序。她不但欣然接受，還在319高中群組登高一呼，帶領著一票319的小鴨衝前鋒、寫序文，陪我開啟了更深層、更細節的回顧之旅。

願大家都是，出走半生，歸來仍是少年。

彼時此刻

目錄CONTENTS

壹、療程至今

Happy Ending的關鍵字，是在Happy？還是在Ending？

我很努力歸類所有患病的因子：如果習慣錯誤是我的舒適圈範圍，那麼，覺醒而更改模式，就是基因突變的病灶。

Give me five

　　我不常，只是偶爾對人喊「加油」，因為我相信給人一個燦爛的笑或一個擁抱，勝過千言萬語！我不習慣被「加油」，因為我知道我總是用盡全力面對所有事情。

　　大家在「前書」當中，見識到我專業的姐姐和妹妹。其實，在罹病之前，我們各忙各的，在同一顆地球，一個很近，一個很遠，常態裡幾乎一個月也聊不上一通電話。老天很公平。這半年內，親情沒有時差。

　　她們是科學人，自然要告訴我一些科學事。除了我必須精準的回報醫囑的病情報告之外，她們當然還很用心的照料我的心情。儘管在人前，我用盡全力地樂觀。

　　妹妹貼了個連結給我讀，讓我能清楚的知道在這個病程當中，如何好好的面對自己的情緒變化。它叫做「庫伯勒－羅絲模型」，描述了人們對待哀傷與災難過程中的五個獨立階段。複製貼過來，也算尊重原創：

1. 否認：「不會吧，不可能啊！」「不是一直以來都好好的嗎？」
2. 憤怒：「為什麼是我？這不公平！」
3. 懇求：「讓我活著看到我的兒子畢業就好。求你了，再給我幾年時間吧！」「如果她能醒來，我什麼都願意做。」
4. 沮喪：「唉，幹嘛還要管這些事啊？反正我都要死

了。」「我不想活了,活著還有什麼意義。」

5. 接受:「好吧!既然我已經沒法改變這件事了,我就好好準備後事吧!」

　　我和所有人一樣,面臨過很多挫折,當然對這其中描述毫不陌生;但唯一對罹癌這事,我也不知道,爲何我直接跳到「(五)接受」?妹妹說,這種情緒轉換,是跳動式的,沒有一定順序,而且會因人而異地拉長或縮短其中時程。

　　我說,妳們爲我做什麼都可以,就是不要爲我加油!

　　於是,「加油」的意義換成了實質的行動。她們總是會開一列清單給我,告訴我回診時該問什麼問題,好讓她們也能去請教各種專業,來給我最適切的建議。一次又一次的問答,一層又一層加深的理解,原來,我的「接受」,是因爲,我早就習慣了挫折;原來,我的「接受」,眞的是因爲,我什麼都不懂。

　　我本不想再敍述所謂治療過程的這一段,但視網膜效應很可怕,不管我是在看什麼頻道,或看哪類文章,和「癌症」扯得關係的報導,會莫名其妙一窩蜂的來到我眼前。很多罹癌的本人,在YOUTUBE上的影片集集地記錄著:從很有精神的樣子,經過各種療程的折磨,產生一連串不適的症狀反應,掉髮,或拉開塑料袋口在嘔吐、或瘦骨嶙峋地睜著大眼,呈現著無望的空洞……我其實看得不忍心,但又很想搞清楚,爲什麼每一支這類殘酷的記錄影片,居然都有幾十萬幾百萬的點閱率,到底代表著什麼?

這些日子來，關切我的人當中，也有和我很相近的案例：一例是我高中老師的姐姐，另一例是一位朋友的爸爸。聽說他們治療得很好，一、兩年來，還是過著正常的生活。我常常對我的姐妹說著這兩面借鏡。他們是我的兩盞光明燈！他們怎麼持續亮著，反正我就有希望可以跟隨著。

今年九月，這兩盞光明燈，相繼滅了。

我很錯愕，並且印證了那個模組，出現了「一」。不會吧？

挫折是一種循環，有時還不見得是自己身歷其境。

心理既然有模組，生理一定也有。我沒去問姜醫生，但我把和自己身體的對話、以及近幾個月來的自覺體驗告訴了我妹妹，她如釋重負地大大的吐了口氣，說，「you really got it」！

我和癌症正在攜手散步！我假設，這一路，共有十個站牌，十個站牌上，都有不同的症狀說明，有舊有的，有新來的。當我發現它已與我共生時，已在那即將要抵達終點之前。算清楚分段，那時我們並肩正在第八／九站徘徊；後來，經過四次化療藥後拉回到第三站。我想和它和平相處，這麼散步著就好，因為它比曾經的情人還貼合著我。可是，所有的科學人都告訴我，它是壞蛋，妳得殺它個片甲不留！別小看它今天是在第三站，難保在我不理會它時，它在很短時間內又會來到第八站。我說，不會吧？我一直當自己是個人，不至於這麼泯滅人性！

當我又努力搞清楚了一件事實，我又回到了「五」！

記得第一次看到自己的胸腔X光片時，它就像是一幅吹畫。記得美術課時玩吹畫的狀況嗎？先把水彩顏料倒在圖畫紙上，然後從中心點，不斷變換圖畫紙的方向，使勁的往外吹，常常吹得我頭昏眼花，就愈見藝術的呈現。如今，這幅畫，巴在我肺臟，還靠近我的心臟。我本來期待著回到第三站，或是更近的地方，可以開刀清除它，不要辜負大家為我流的眼淚。可是我剛開始沒搞清楚，這吹畫在倒下水彩的那一刻，它們保留著一整個色塊，同時已經濺出可控範圍。兩隻小鬼在縱膈腔淋巴，所謂的高速公路上，不知道什麼時候它們要爽快出發去環島！他們就像我，一向不是聽話照做的乖小孩！會忽然想去看日出，就趁夜開車出門；會為了一場好心情，就把自己喝得爛醉！他們絕對擁有我失序的基因和冒險的精神！

　　我無法再想像自己到底做過什麼無稽之事！五十多年的人生說短不短，說長不長，我的記性太好，思路太密，會導致我的身體對話混亂，讓我迷路在這個模組裡出不來。

　　不懂狀況的「五」和清楚了狀況的「五」，它們有點不同。樂觀是杵在面前，睜大眼睛看還能笑著接受？還是背對現實，讓陰影留在身後，假裝沒有看見？我可以慢慢釐清這狀況，並且記住在這個迷宮裡，每個轉彎路口留下的記號，方便自己隨時在不經意身陷其中之時，也能理智的走出來。

　　莫奈，我感覺有一票人跟著我的事件，走進了這個迷宮！他們不斷的出現著、並且反覆循環著一到四。因為他們不知道我的兩個「五」之間的差異，所以我得記錄這個心路歷程，讓每個和我生活有連結的人，不避諱任何字眼和話題，建立完整

的溝通。

　　不要再迷路了，請跟著我笑。Just give me five, please.

彼時此刻

與身體的對話

我不是一個聽話照做的乖孩子，不然我不會把自己過得有點奇妙。可是我真的有感覺，一個不斷經常嘗試失敗的人，會比一個天生之材，學到更多的領悟，和解決事情的能力。贊同的，請為自己按個讚！

在聯合醫院時，姜醫師規劃的這趟化療要做4-6次，但他一開始沒明說，明顯是要我入套。當然，要我臣服的先決條件，一定是在化療過後，能夠讓我看到一定的效果。那第四次化療後的電腦斷層圖像，確實讓整個診間裡的六個人一同要尖叫起來！十一公分的壞東西，居然只剩下三公分的體積！等同是一個拳頭，只剩一根大姆指了！不只我開心，連我姐姐的眼珠子都快要掉出來了！

全世界的人都在說，這麼有效的藥，當然要堅持把六次做滿！姐姐、妹妹、所有專業人士，不斷的來游說我，上天要給我六次機會，為什麼我只想要四次？我輕蔑地說，因為我容易滿足。但這個答案和態度，他們聽了都很不開心，甚至生氣。

在還沒完成化學治療前，我問過姜醫師，「這個藥如果有效，能做七次、八次、九次嗎？」他說，「不行！這個藥頂多是做六次，這是一個大數據。」如果我當下沒有解讀錯誤，就是，一個正常人，做六次，就是在廢了的邊界。

所謂大數據，就是告訴我們的那些普遍認知：A型的人優柔寡斷，O型的人活潑大方；魔羯座的人呆板無趣，處女座的

龜毛不耐髒！我只知道，像我這種被生活輾壓過的形狀，找不到適合的框。或許我曾經存在過某些大數特質，但很多時候，我已經具備了變色龍的樣子。

我不是在挑戰專業，因為我沒有能力。可以肯定的是，醫病關係正朝向著一個共同的期待，然而，還沒抵達目的地前，誰都不知道等在最後的，是否真切的美好？而所有的冒險，是我單槍匹馬、披荊斬棘的體會，即便是耳聞了很多人的抗癌經驗，或是醫師專業經手過的案例，他們都無法複製感同身受。

第一次化療前，我努力補充很多完X、亞X……等市面上所有健康補給品，準備要和毒藥來一場大亂鬥了。醫生說，化療第三天完成就能回家，而我卻纏綿到第四天才下床，慢慢移動的步伐，每一步都像是有黏液黏著我的鞋底。陪病的小兒子說，不如讓我等在醫院門口，他把車開過來接我。我無力地說，「讓我拉著你，慢慢走，就好。」當幸福與無奈並肩在南臺灣五月的大太陽底下，我穿著長袖刷毛襯衫，那百來公尺的路，走走停停，骨子裡還是冒著寒氣。看著長得和我很相像的他，就像小時候的遠足一樣，樹上的小鳥依舊在唱歌，我卻已經穿越了半百的時空隧道，那些快閃而過的樹和人，飄忽地，沒有抬頭的瞬間。只是從門口到停車場，正常人的腳程大約三、五分鐘，我猜，下回我可能做不到了。

孤軍奮戰，我得傾聽身體。

回家療養時，來自四方的補品依舊不停歇地往家裡送，不該破的戒，也被勸破了。我能夠領會，一塊好好的土地經過第一番空襲，會呈現最大的落差感，在這個時候同時要清掉斷壁

殘垣，還得搬磚建設，最是費力；所以再多的魚湯、雞湯、牛肉湯和姐姐日日送來的愛心飯菜，它不但是最佳營養，同時也是最沉重的負擔。特別是，這些又猛又烈的蛋白質，讓我的腫瘤興奮地蹦蹦跳！我努力讓體重持平，但小兒胖了兩公斤。

廿八天後，第二次化療，我一樣在床上待到第四天，然後決定讓小兒把車開到門口。一如我面對第一次化療時做的預想。照這樣的推理，下一回我得坐輪椅出來了。

吃一向是我最不拿手的事！對我而言，和放下罪惡感一樣。既然大家都警示我，癌細胞忒壞，絕對不是吃素的！好吧！那我吃素！餓死它們！

對於吃素這件事，反對的聲浪一直從第二次化療（111/6）過後持續到現在，還有人以為我是為了要上天堂、抱佛腳而走捷徑。真不是！心若不夠好，一張壞嘴也是一把屠刀！我覺得自己夠良善，所以身體自動能指引適合的食飲而已。

適合的食飲，眾說紛紜。我知道我幾年來努力健身的蛋白肌，已經一點一點的被代償掉了，不補不行，要補又受不了。

我憶起哺育未滿週歲的大兒子，面臨厭奶期的時候，有時一天喝不到200cc的奶。我一急，給他做水果打奶粉喝。哈！也在那時候，我在書裡學到，身體的消化會需要休息，或聰明地找尋適合自己的食物。

　　經驗者告訴我，到第三、四次化療時，我的身體自然就會適應化療藥，便會縮短不舒服的時間。寫到這，我相信有人會反對，因為也有太多人耐受不了太大的副作用才放棄打藥。但我也無法印證，是我變更飲食的關係？還是經驗者說得對？後面兩回，藥效來得迅速，我下床下得快，元氣也不是太差。但是，唉！哪有不傷身的藥呢？我的內臟黏膜像被王水洗蝕過一番！大家都說會嘴破，偏偏我就只有口腔黏膜好端端的，看不到的地方卻要命的令我懷疑人生。

　　我曾經讀過一篇健康理論是這樣形容的：古時候的木桶是一條一條長形木板圍立起來，再用鐵絲箍繞固定，加個底座而成。科學印證上也有此一理論。木桶短板管理理論，其核心內容為：一隻木桶盛水的多少，並不取決於桶壁上最高的那塊木塊，而恰恰取決於桶壁上最短的那塊。當然，這理論適合於任何面向，我只想讓五臟六腑齊頭的健康。

　　第四回化療後的驗血，免疫蛋白已經出現紅字。本來肺臟已經病成短板，就連腎臟那塊板也慢慢地削短在報告數字上。雖然大家都說有小白針可以打，打了就能把數字提上來，可是，這樣殺有意義嗎？為了要救A，不小心殺了B？因為各種藥會產生各種不同副作用，所以醫師再開些會有副作用的藥來減輕這些症狀？

我不是專業，但我是安眠藥癮者。我很清楚，用藥能最快達到效果，但劑量會累加，一直到，再換另一種藥，如此惡性循環。

　　我能同意，通往地獄的路，鋪的都是善意；但患者有選擇權，可以決定要接受沒有品質的延長生命長度？還是精彩如昔卻不多的餘日？我解釋的地獄不是終點，而是這些無法自主能力、無法自由意識的過程。

　　我想用我的方法，因爲這是我的身體，我的生命。眞正的樂觀是對期盼之事的集合意識；不是要求會痊癒，而是相信往後的日子還能過得輕鬆自在。

質子治療

是的！我來到了長庚！因爲只有長庚有。

讀過「前書」的都人都知道，我和長庚有不可言喻的孽緣。可是順藤摸瓜，好像也理所當然。

原本安排繼化療之後，在聯合做放射治療，但妹妹的專業提議，要我問尋質子治療。因爲大面積的放療，可能會造成肺部纖維化，我這小小的身體，實在承受不了太多的殘害了。所謂治療的最大願景，是希望延續生命的長度；但我心願依舊不大，只想在生命的存續期間，讓身體還能維持正常生活的舒服狀態。

不得不說，爲什麼人稱王永慶先生爲「經營之神」！單看引進質子治療儀器和前瞻的眼光，企業家確實能比一般人有更廣闊的視野；加上，五年來新落成的永慶尖端癌症治療中心的規模和內裝，比百貨公司還舒適：每一片大片的落地窗都透著明亮的陽光，灑得外頭的綠地生氣盎然；眼球先生大大小小的作品，平面也好、立體玩偶也罷，每隻睜大的眼睛都像看護的陪伴；所有的桌椅擺設、沙發、鋼琴在偌大的空間裡單薄地如同只是擺設；可以想見，惡劣的環境：吃的、喝的、空氣中傳播的，有形與無形的迫害岌岌可危，建設此處的人早就設想到，未來在這裡流動的人潮，勢必勝過瞎拼產業。

很多人知道我做了質子治療，他們很好奇，所以我簡單複述自己的過程：

質子治療是一種創新的放射療法，可以控制光束射程和量能，筆尖式高精確度消滅腫瘤細胞，同時保留周圍的健康組織。

我帶著在聯合醫院做的所有治療總結資料和影像，先是和質子中心取得連繫，再經由掛號安排醫師與我面談。面談的內容我幾乎已在網路上做足了功課，唯獨做幾次治療和切入幾個角度，必須在面談過後、安排儀器精準掃描、再由醫師做計畫評估。當然，這兩個重點，就是要花多少錢的關鍵所在。

兩個切點一次是26000，三個切點一次是34500。我就不懂，為何其它前置作業的：訂做身形模型、攝影定位、電腦斷層、顯影劑、醫師的計畫書，若以一般放療，全是健保給付。但在長庚，這些又是一筆四萬多塊的自費項目。

癌細胞不友善，所以它癱得奇形怪狀。醫師的最後評估是要做三十次，四個角度。我平日不買名牌，著實是我體內器官的維修費比名牌還高貴！這筆錢能花是好消息，要花是壞消息。還好，好消息買一送一，那就是做四個角度和三個角度是一樣的價位。我無語，這就是行銷。

在還沒進治療室之前，我被多次召回醫院，訓練暖身呼吸動作，讓我見識到什麼叫高科技。

治療臺的周圍，就像一臺滾筒，慢慢滾動著射源的機器，由上、由左、由右。在人躺在中間的治療床，被定住不動的狀態下，由機器來找尋靶位，放出筆尖射

束。頭上戴著螢幕，餘光看著風景在跑。

　　AI眼鏡裡的螢幕，如同眾所周知，各種不同專有使用規格、大大小小的切割畫面，揭露各種訊息，一如鼻樑上戴著一臺筆電：個人基本資料、呼吸頻率的高低點和時間、治療過程檔案夾……等等，但最重要和最主要的，是我最熟悉的五線譜。這個最上線及最下一條紅線，是我必須控制肚皮運作收脹的呼吸線。我不知道其它的使用者如何單純的看待這個軟體，但我總會像唱歌一樣，或輕或快的操縱這個線條，讓布拉格峰治療曲線的起伏，配合著我想要的曲風節奏，從Me唱到高音Fa。

　　即便是我這麼懂得苦中作樂，在密集來回長庚的三十幾回，是我心神最混亂的日子！

　　首先，我的秩序一向沒有框架，耐煩不了天天要在固定時間來報到。加上每個禮拜三，我得眼睜睜的在批價處看著自己的十七萬在點鈔機上趴趴趴的跑動，心裡非常痛！當我的心愈痛，就愈感覺自己的身體在好轉！但凡我有一絲病懨懨的樣子，都不可能有抱怨的力氣。

　　再則，真的沒有一項治療是舒服的！我的胸口還是小部分的曬傷，外觀看的紅、熱，老是將燒焦的皮層磨到脫屑，致使我不愛穿衣服；從前食慾就不好，療程前醫師就叮囑過，我會因為質子雷射導致食道灼傷發炎，這下子，不但什麼美食都吃不香，就連喝水都像瀑布澗石般有感。

　　治療室裡只有一個質子射源，卻供應著三個治療室在輪番使用，我被定位在自己的刑具裡，不得動彈；雖說有一條熱風

的空氣被蓋在我身上，但治療室的冷氣真的冷到不像話！我像一隻被綑著手，脫了毛的動物，只剩單薄的一層皮，瑟瑟地抖動著最後的尊嚴。

治療結束後，我開車從寬廣的地下車道出來，車上沒有載著任何精品名牌商品、高貴首飾，卻有著病態的VIP尊榮感，總是更甚的看不慣杵在車道邊不指揮路線、光只是抽煙聊天的保全。永慶尖端癌症治療中心，要出院區的那條路，正好對著復健大樓，門外總有一堆或走動、或停靠、車頭朝向各個不同東西南北的復康巴士，天天上上下下著不能自理的病人。我心情不好！他們也不好！我們的身體，正在為過往混沌的日子，負荊求赦。

最後，特別特別要感謝質子治療中心的所有治療師們，他們是一群懷揣著初心的醫事人員，在我好幾次手腳都僵冷得發麻，幾乎要麻斷了理智線之時，還是能用非常暖心的語調給了我很大的鼓勵和安慰；在每一回他們幫我把身體撐坐起來時會說一句：「辛苦妳了」！讓我覺得能多活一天是一件很快樂的事！

民國111年11月11日上中午12:23，螢幕上第三十次顯現End of the process/result has been saved.這是快速花掉一百零八萬的一小步，不知道是不是我遠離夢魘的一大步？

輔助療法

　　依反省機制來說，生病，一定是做錯了什麼事：抽菸、酗酒、熬夜、心情鬱悶、壓力大……可以調整的話，一定會有好轉。在我的好轉過程中，進步神速，也一定是我做對了什麼事，所以我現在就一件不漏持續地做。

　　我算是人緣很好的人。平常朋友有任何好康的都會第一時間想到我，更何況在這個非常時期，幾乎所有別人用過的仙丹，都傳到我耳邊來。但仙丹要全拿來用，恐怕我的胃就沒有空間裝食物了。

　　舉凡很多很厲害的見證分享，我都希望自己是下一個成功者；我也相信，每一個來分享的朋友，不是為了做生意或增員我，而是真心希望我恢復健康。

　　有人說，因為相信，所以看見；但也有人一定得先看見，才願意相信。保健這種事，對健康的人來說，感覺可有可無。但對生病的人來說，確實比打針吃藥來得慢。反正病了，也急不來了。

　　我讀著很多人送來的資料和試用品，儘可能挑的是和我類同的案例。當然，這篇文，可能會讓人半信半疑，就像我死馬當活馬醫的心情。選擇吃什麼、用什麼，是個人選擇，能多活兩年，或是多活十年，我覺得都是福報，不需要誰來掛保證。

　　四月份我確診罹癌還沒進行化療前，我親自去解散一個自營的歌唱班，班上的Emily姐姐一聽，立刻說：「老師，別擔

心，小事一樁。」於是，她遣了她的妹妹Sammi來，告訴了我她哥哥的故事。

Emily的弟弟，Sammi的哥哥，是個肺腺癌第四期患者。之所以發現病灶，是因為人已經昏迷在路邊，送醫後經檢查，已是第四期，並轉移至骨頭，醫判是只剩兩個月的生命。

Sammi的工作是實驗室的淨水工程，自己的碩士讀的也是生物科技，所以她的同學和老師都在生物工程領域裡。她告訴我，自然療法裡，可以經由拍照，判別臉上的氣色，卽能配中藥和樟芝來療養身體。

神奇吧！我對這種東西總是寧可信其有，而且我又消費得起。主要她姐妹倆是值得信賴的人，加上有活生生的親人案例，我當然要試試的啊！

李博士和謝曉惠博士的生化工程我是不懂，而且我尙未因為服用了此物而完全痊癒。不過奇妙的事，是我在第一次化療後，頭髮全掉光了。後來服了產品，頭髮長得異常茂密，甚至多過發病之前。我明明是肺癌，而「肺主皮毛」。很多人（包括正常人）看到了我身上產生的這種功效，紛紛急忙問我，我做了什麼事？畢竟，禿頭這件事，可是所有俊男美女的天敵啊！

我問Sammi，「哥哥又活了多久？現在還在人世嗎？」Sammi說，「哥哥多活了三年半，最後是車禍走的。」

奇妙的事，永遠不休止。我不認識他，但他的故事確實讓我挺傻眼。我只想說，人各有命。我很高興認識了她們，也謝謝她們很熱忱的幫助我。

其間，有一～大堆人，真的是一～大堆人，透過自己或朋友的案例來告訴我，吃什麼產品最好。一向不懂如何拒絕別人好意的我，很頭大。他們很多人不知道，我有顧問團的！我把一項一項講給我妹妹聽（要用講的哦，不能只是轉貼，表示我看過，也理解了）。妹妹說，其實保健的概念就是讓身體抗自由基、抗氧化，至於產品的選擇，隨心所欲。其實我也知道，只是身在局裡，不免迷惘，感覺什麼都要來一點，不怕錯，就怕錯過。

身體狀況不好，不會是一天兩天的事兒！我從小身體就不好，又喜歡勞心費力的冒險生活，自然消耗得比一般人過頭。四十幾歲起我就經由一個陌生機會接觸了印尼的Jamu，火山土壤種植的草本植物。很多人質疑我擦什麼高貴保養品能保持好膚質？真沒有！近二十年來，我只有卸妝、洗臉，偶爾會因為待在冷氣房而上點油。

我早就學到體內環保比外在塗塗抹抹更重要！現在我又乖乖把印尼的薑黃捉回來吃了，因為太多的藥物在身體裡，我得排毒，我得養著其它還健康的器官。這是我多年來身體力行的真心推薦！人不健康就不會美麗的！

藥物和保健品是被動性輔助，只要吃得下，而身體也扛得住就好。在化療期間，我接觸了長生學。這是經由開穴師開穴，開啟身體的導體，接收宇宙間的能量來活化細胞，達到自

癒或療人的功用。很玄！很像大家所知道的氣功。

對看不見的東西，有人嗤之以鼻，但有感應的人就會願意四處推廣。宇宙的能量取之不竭，隨處可得，又不課智商稅。能量之所至，所以有四季，所以成就大自然，所以滋養世間萬物。我就不懂，為什麼需要花錢的才能彰顯名貴？

因為疫情漸漸鬆綁，九月份我便去上了長生學的初中階班，把體內的器官位置精準的複習了一遍，並且唸了些中藥醫理的口訣，也到前金調整站實習，學習穴位手法，受吳站長及副站長、師兄姐們很大的照顧。這些聽來很簡單，只要願意接受，願意勤跑，就等著發生奇蹟。

我願意相信，但不是為了奇蹟而去。首先，我接受了翊琪多次的調整，確實感到身體疼痛抒緩。老是靠別人，我也不好意思，所以來學習。我知道接下來的日子，必定要與疼痛共處，能有點生活品質，留這條命才有意思。

12/12兩位創辦人，魏和林老師親自到高雄授課高級班課程，連屏東聞訊而來的學員三、四十名，也連著趕來五天。我只能說，如五雷轟頂！

我一直秉持著「滾石不生苔」的理念在認真工作與生活，滾著滾著，最後分不清是必要的忙，盲目的忙，還是茫然的忙？也忘了靜下心來沉澱，哪些是對？哪些是錯？哪些可以多著點力？哪些該適度放手？

我每天會做長生學的功課：靜坐，不管時間多長。

靜坐很難，人在俗世，腦子裡的所有事情很難排空。我暫且還達不到完全放空的境界，畢竟手邊還在進行著某些想完成

的事。但在每一次的靜坐當中，就是一次自我的對話。

魏老師的《迷悟一語瞬間》裡寫到：

〈反思〉：過去是人生一段縮影，從反思中可總結經驗。

這串話，正好和我正在做的事不謀而合。

＊用寧靜來增加自己的空間和時間；用祥和來增進自己的溫柔和慈悲；用寬恕來增添自己的心量與放下；用反省來增值自己的經歷與未來＊

這種心法，佛書裡處處可見，但唯有靜心潛思，才會加深理解，與眼見的不同。

此文，獻給有緣人。

彼時此刻

醫病

大兒子說，我算幸運的。如果他也可以是有病早知道，那麼他就會好好利用時間去做想做的事。

姐姐去她的朋友圈做了個調查：「如果老來病有三種選項：中風、癌症與老年痴呆，您選哪個？」結果幾乎所有人選擇的都是「癌症」。

好吧！我中的是大獎。

在確定罹癌之前，我的身、心質量都算維持得很高，想做能做的事也都能掌握。所以當大家都叫我好好去享受生活時，我覺得只要能接軌過去的正常生活就好，並沒有什麼不妥。

但是講的輕鬆，我得面對各種疼痛。

做完質子治療的半個月後，我的體內像面臨了大地震一樣，常常疼痛得感覺它們的抵抗，到處在逃命一樣。這和化療是不一樣的新體驗！化療是短時間內集中式的不舒服，然後慢慢遞減，直到下一輪再來；我花大錢做質子治療，心想花錢消災可少點皮肉痛，以為做完那三十次，嘗了食道吞嚥困難的苦，和皮膚上的燒灼曬傷已經夠嗆的了，沒想到放射性肺炎讓我差點連歌都不能唱，只能短促的呼吸，和拼命的咳嗽。說什麼去實踐願望？根本難！

如果打算接受治療，那麼病人頂多是在日常巡迴地點加個站，叫做「醫院」，而且它是一個重點地標，比菜市場重要；如果不打算治療，又不知道何時要發作起來，「醫院」更是個

重點地標。

　　前些日子我受了點風寒，一直吃著解熱消炎的藥，還是兩天就得發一次燒，骨子裡湧著一波又一波的寒氣，室外明明二十多度，我卻只能緊閉門窗、裹在被子裡打哆嗦。期間我還履約和319高中同學去了一趟礁溪的溫泉之旅。泡了湯之後，我只能病懨懨地掃興，害大家無法紅酒趴踢。回高雄後又綿延地發燒了三遍，最後只好上急診。

　　我發著寒，躺在十多個病患的急診室裡，冷氣很冷，被子很薄，肚子很餓，額頭很燒，後頭兩天工作流程也在腦子裡燒，像一隻旺著火正在沸騰的熱水壺，頭蓋骨直往外冒著緊張與病態的熱氣。

　　我習慣了一個人上醫院，以及上各種路，為了靜下來，傾聽各種聲音。

　　隔壁床躺著個七、八十歲的老太太，瘦小但不孱弱，髮絲染得烏亮，瞪著兩顆大眼睛，也不出聲說話，用表情和她陪病的女兒在打啞謎。

　　她女兒說：「妳不能下來，妳沒有鞋子穿。」

　　聽起來，她是救護車送來的，才會沒穿鞋。

　　她女兒又說：「妳要下來幹什麼？要尿尿嗎？妳直接尿出來就好，我幫你包尿布了。」

　　聽起來，老人家是可以下床去如廁的，只是因為沒有鞋子穿，就被包上尿布了。

　　凡事想來都好簡單，我卻在旁邊聽得很難過。

　　痛？吃藥啊！感冒？多喝水呀！想尿？就尿啊！反正物件

和步驟都安排好了，病人妳照做就天下太平了呀！我難過個什麼勁兒？

回到第二段姐姐的那道選題，為什麼大家選癌症？我猜，最大的好處是，起碼是還有自理能力，餓了可以自己覓食，迷路了可以問路回家，想散步可以視體力狀況決定遠近，它代表的是不需要被嫌棄與拖累的自我尊嚴。

生產過的婦女都經歷過那段惡露期，產褥墊上的潮熱和悶癢，浸濕的皮膚，紅腫熱痛，那麼容易忘嗎？為人母親的我，深知育兒一歲多要幫他們戒尿布時，得經過幾個星期、甚至幾個月不能深眠的夜，為的是幫助孩子建立身體獨立機制；這會兒，習慣穿上尿布，能只是一時半刻的功夫？尿在尿布裡和尿在馬桶裡沒什麼差別嗎？

病人不想被當成病人，是因為不想放棄自主權。病人甘願被當成病人，不是誰能醫病，而是誰來療心。我不否認病和藥之間有絕大的對等關係，但生命終將踏上歸途，溫言婉語比不上蒼白的安排嗎？

我眼裡看著這個不斷絮絮叨叨、白髮蒼蒼的中年女兒，嘴上不斷的逗著老母親笑，卻顯得表面和浮誇。老太太不斷的蠕動著身體，和我的感受一樣很躁。

我盯著自己頭上的點滴瓶，可憐護士剛才一直找不到我左手還有哪裡可以下針。往下沉的可不只是我的血管，還有以下的場景：醫生來到老人家的床前做病情分析，說：「高血壓要控制得好，藥一定不能停，何況她還有中風的記錄。」

她女兒答：「沒有哦！我媽媽沒有中風過啊！」

醫生答：「中風不一定是妳所知道的樣子，有些中風是外表無法判定的。」

這點，我可以相信醫生，因為他手上有老太太的數據，而且，我一直在猜，為什麼老太太都沒有出聲說話？是不想？還是做不到？

醫生又說：「我已經幫她投藥了，等一下會好一些，妳們就可以回家了。」

她女兒又問：「如果等一下沒有比較好呢？」

醫生說：「那表示我醫術差，你想想要轉去哪個醫院，我幫妳轉。」

醫生走了，我笑了。不知道有沒有人扎心？

趁著護士要我去拍X光，拔了我的點滴管，我跑到大廳去蹓躂。這裡我很熟，大廳依舊如昔，藥局前有電動鋼琴在演奏著流行歌曲，空氣中流動著一抹咖啡和烘焙的香氣，身穿紅背心的社工帶著病患在移動，完全融合地，消化著不得不臣服的慢活抒情曲，在這個老院齡的腹腔裡。

護士通緝我時，我剛好在側門外的長椅喝完了一杯溫溫的杏仁茶。下午兩點鐘，我的第一餐。

X光一拍一比對，慘了，又結白色蜘蛛網了。說好的恢復呢？我的半復出工作行程都上手兩個多月了，除了體力差一些外，生活旅程過得挺愉快的：照常上健身房，照常練瑜珈；醫生卻下令要住院。列車明明開得好好的，這時候居然喊著要拆軌道？

不聽護士百般的勸說，我還是簽下了自罹癌以來的第二份

彼時此刻

離院切結書，選擇責任勝過生命。

　　當晚，嘉義的小兒子回來了，他問我，責任真的那麼重要？我抱著他，享受著他關切的指責。我不說的，待他未來有一日塵世巡禮中歸來，就會有他自己的見解。

　　另外，我想說，這世上的「提早讓你知道」，已經是嚴重警示並且帶著懲罰。不要等生病！「生病」不只是兩個字，它是一張網子，讓人眼睜睜地還能看著外面的世界，卻沒有空間探出手、邁開腿，套得人有餘心，沒餘力；因為沒了餘力，最後也抹煞了餘心。即便罣礙不了我這樣叛逆的人，還是會揪著疼愛我的人的心。

　　還能幹嘛就幹嘛！趁著能幹嘛，快去幹嘛吧！

局外人

　　大家都很避諱和我談這個話題，只好用寫的。和一個帶病的人談生死課題，確實很沉重。

　　曾經臨近過那個階段，於是我讀了些文章和訊息。它搭不上我或其它人的經驗，因為沒有曾經死過的人，回來分享那段或者光明、或者黑暗的路。不過，很多人都和我一樣，在很多電影情節裡看到過這樣一個片段：一隻魂，站在和自己肉身的同一空間，看著現場的急救和沒有動靜的自己。

　　我姐姐年輕時在加護病房工作過幾年。據她所言，在那道只能從病房內感應才能打開的門，明明沒有人通過的情形下，有時候會不停的開開關關。見怪不怪的護理同事，就會叫著最近遷出的往生者名字：「XXX，你已經死掉了，快回家吧。」很快地，那道電動門就會歸於平靜。

　　前兩天有一位姐姐分享了她亡夫的故事給我聽，說她的亡夫曾經在瀕死經驗中，感受到靈魂和肉體分離的撕扯疼痛，然後靈魂往上飄浮，在搶救回來後，它又與肉體結合時所產生美好的幸福感。

　　靈魂出竅這事兒，看來假不了。但它最後去了哪裡？宗教上就有涇渭分明的說法。

　　少數直白的人來問我，怕死嗎？

　　我年輕時因為工作去過四川宜賓，它是萬里長江的第一城。那天到達時天色漸晚，我在小飛機上因前晚醉意一直在昏

睡著。廠商的座車來接我，進了陌生的小城後，天已經黑了，耳邊有鋪天蓋地的嘩嘩聲，我問，「啥子聲音」？後來循聲而去，臨江一望：寬闊無比的滾滾大水、聲浪磅礴、水勢洶湧，令我有一股想大哭，和往下跳的衝動。如今憶起，那當下的反射心念，算不算是為了那句「滾滾長江東逝水，浪花淘盡英雄」而感慨？

　　上面這段話沒有幾句，卻寫照了一生。習慣飄泊，卻不喜歡流浪；習慣擔當，又總想脫甲卸鎧。

　　我很喜歡出差，特別是一個人，很自由，不用牽絆著誰。出差的目的，是去幫公司完成任務；路程中，我可以經驗很多不同的城市或人文美食。出差是身體的行動，那「夢」，算不算靈魂出差？我一向沒有良好的睡眠品質，夜不長，但夢很怪異，恐怖的居多。特別是帶著感覺的夢很真實，譬如，被開了一槍，或被射了一箭，那種貫穿式的痛楚由背後快速傳導到前胸來，痛醒！醒來還心有餘悸，還隱隱作痛。有時，被追殺，一直跑，冷汗直冒，醒來時，小腿真的酸得像跑了百里。靈魂出差，無法選擇自己想要的目的地和美景，不知道，這算不算是一種練習？忽然覺得，那些拍平行時空、回到過去、穿越未來的那些電影科幻人才，是不是正在預演一場有跡可循的未來式？如果這理論合理，那「死」，應該叫做靈魂移民。這樣想，就不用怕了。不是嗎？

　　不過，沒做過的事，終究是要練習的；但靈魂出竅不能自主，怎麼辦？

　　換個方式，我學著當一個局外人。

我曾經聽一位專業救生教練說，他們不會在人們溺水時立即跳下水中去救人。我問，「為什麼？」他的回答是，因為正在溺水的人，會使盡全身的力氣掙扎與拉扯，要是貿然下水，有時不但救不了人，極有可能造成雙亡。我又問，「那怎麼辦？」他說，他們會在岸邊靜靜看著，溺水的人慢慢不掙扎而下沉時，才是施救的好時機。

所以，站在局外要有點冷血，儘管是眼睜睜地看著別人吃水。

我常常人在局外，卻為人義憤填膺，所以這個練習對我而言，很是困難。但我不相信，如果正在溺水的，是教練的至親或愛人，他也能忍住不在第一時間跳進去救人嗎？

局外人，要放下。

我讀過張德芬教授的書，裡頭有一式調整睡眠的好方法，是這樣說的：因為每個人扮演的角色，太有責任心地讓身體記憶著，以至於睡前腦子還會不停的思考各項事情，而導致失眠。解決方法：在睡前，不斷的自行默唸：「我不是羅小曼」，「我不是羅小曼」，就會幫助我的靈魂放下一切的使命感。我試過，管用了一陣子。我媽也用過，她說沒用。畢竟我們在自己的人生中，都入戲太深了。

放下，哪有那麼容易！我就是放不下，才會帶著「孟婆的記號」來到這世界再續前緣的。番外插播這段，大家覺得我最

好看的——酒窩，就是「孟婆的記號」：

　　相傳人死後，過了鬼門關便上了黃泉路，路上盛開著只見花、不見葉的彼岸花。花葉生生兩不見，相念相惜永相失，路的盡頭有一條叫忘川的河，河上有一座奈何橋。

　　有個叫孟婆的女人守候在橋邊，給每個經過的路人遞上一碗孟婆湯。凡喝過孟婆湯的人就會忘卻今生今世所有的牽絆，了無牽掛的進入下一道輪迴。

　　孟婆也不是不講人情，對待那麼一部分帶著執念，不願意飲下孟婆湯的人，點上記號，令其跳入忘川，忍受上千年至寒至炙的水溫，只為轉世還能追尋前世戀人的記憶而來。

　　傳言若屬實，我已然略過了那碗孟婆湯，也已忘了極度高低溫差煎熬的忘川水。生動的故事總讓我滾燙的淚水，堅強的嚥下去。怎麼放下？我得學！不然，先來釐清，放下什麼？

　　「前書」中，我姐姐幫我寫的序文中，第一段的後半段：「小妹說，寫下來是一種therapy，它可以轉移Tomato對化療的刺骨痛苦，也可以抒發我們心中的不捨與傷痛，更可以對三十幾年來或大或小的心結解套。在這個時候，還有什麼是不能讓它隨風而逝的哪……」我從小就把姐姐當偶像，也從來不敢頂撞她，還好這段話白紙黑字、有憑有據，她倆居然現在還在冷戰中！很氣人內！這筆我一定要寫下來。

　　姐妹情這樣深，都還放不下心裡的小芥蒂了。我覺得，不然先部分抽離！

　　多事者，多半是旁觀者，沒我的事，才叫「多事」。看清邏輯，一向是我的強項，既然看清了，杵著什麼都不說不做

壹、療程至今

. 47 .

會難過。還好我的雞婆被換上的是「俠女」的代詞，拿捏出手的時間點很重要，真的需要幫忙的情況也得理智地衡量；但若「雞婆」成為一種罵名，一定是讓人覺得厭煩了、惱怒了、受壓迫了！多話的提醒，成為經驗者倚老賣老的行為，卻忘了別人對自己人生有自主冒險的權利，和自我負責的義務訓練。尤其是那句「我是為你好」，是最殘酷的溫柔。

世界上的各種人，各自擔負著自身的任務，從好好照顧自己，到維護世界和平，人人有責，而且人人有職。一句捨不得他苦累，一句看他擔當不起，我們就習慣把別人給揹上了，然後怨起天地，怪罪自己勞碌的命運。那句「萬般皆是命，半點不由人」，其實還是很有道理，但我現在會改成，「萬般不是命，皆是你選擇」。命裡若有註定的，是一種結果；但是，選擇走什麼樣的路來到目的地，不是不由人，而是一種過去完成式！所以會引用這句當銘言的，都是過來人。

我身邊的例子很多，舉一個：有個朋友，二十多年前，賺了一些錢，當時他和老婆商量要如何將這筆錢變大？他覺得當時美術館的房地產後市可期，值得投資；他妻子卻認為，將本業做大，擴大廠房，腳踏實地是最穩當的生財之道。最後，執行了妻子的方案，忙碌地擴廠、開發通路、布點宣傳，二十個年頭的努力，果然把本來的那桶金翻成了好幾倍！

他本人非常津津樂道這段很熱血的奮鬥過程，當然！他也換算過，目前美術館區房地價的漲幅，等同是擴廠翻來的那好幾桶金。

路程不同，但條條通羅馬。

彼時此刻

別人的命運，還是別多嘴。好意，可以是一種心裡的祝願，不是絮絮叨叨地讓人倍感壓力。快樂不是勸出來的，當事人得走過那段昏暗，才能累積經驗值成為豁達。

不要再去跟誰說，「看吧！早就告訴妳了！」、「看吧！我是為妳好！」沒人喜歡事後諸葛，除非你有倒轉時光的能力。

你沒功課嗎？我有！有一句話叫做：打翻的咖啡比喝下肚的更提神！自己的功課自己做！就算是自己的命，終究有一天，你也只是個局外人！

閒人不是真的閒！我正在學閒功夫！

半復出

　　停止所有工作之時，每天除了難挨身上的藥效，有很多時間我會滑著手機的相簿，回想那些精彩的美好。妹妹問我，這兩年我想做什麼？我說，「我想回去上課。」她很詫異，忽然放大聲量地說：「妳只想回去上課？如果是我，我會做更有意義的事！」

　　什麼是更有意義的事？熟識的中醫師說，「放下手邊所有事，去玩、去吃、去做所有想做的事。」我說，「我只想上課。」

　　兒子說，「妳覺得上課是妳最有意義的事？妳上那麼多課是為了排遣無聊吧！」

　　在我還無法釐清為何我的意義和大家的期待不同時，我還是決定先上課。哈哈。不好意思！讓大家久等了！

A.準備復課

　　在家裡準備要出發到屏東第六老人活動中心之前，我坐在梳妝檯前，決定戴假髮與不戴假髮之間，猶豫了很久。照理說，它應該比我決定要剃光頭那時要來得簡單許多才對。

　　第一次化療過後大概十天，我開始瘋狂的掉頭髮。什麼叫「瘋狂」呢？就是頭髮不知道自己已經脫離了頭皮，還留在原來的位置，待梳子一滑過，它們就集體出走。有時候想想，失

去並不可怕，可怕的是超乎預期，那一瞬間的錯愕。

　　短髮的時候，羨慕別人長髮嫵媚；長髮時，又嫌麻煩懷念起短髮的方便俐落。現在，這樣的問題我都沒有了。當我的掉髮在空曠的頭皮上，呈現出一種長短、色澤都參差不齊的狀況，我選擇讓它光亮平整，期待下一個春天齊頭發苗。理髮師拿著電動剃刀時，還再三猶豫的問：「剃囉？」我斬釘截鐵地說：「剃！」

　　除了容易引來別人的注目禮之外，我是真的覺得光頭有光頭的舒服。當然，最後我選擇不戴假髮，而是戴著帽子出現，是希望不要給大家有太多的心裡落差，一方面符合普羅大眾對癌症患者的統一形象；一方面，頭皮躲了五十多年沒出來見過人，它也很緊張。

　　事實上，統一形象很重要嗎？即便是我依版畫葫蘆，我已經養得胖胖了，不像一個癌末的病人。

　　走進活動中心的那前幾秒鐘，已經有幾個同學等在了門口；室內不似以前上課前那樣的嬉鬧，或抱佛腳的練唱，反而悄然無聲。

　　看到他們，我哭了；他們之中的她們，也哭了。

　　礙於疫情還是很嚴峻，我們沒有辦法一一擁抱；那些緊緊摟在一起的鏡頭，都是N與S不自主的磁力吸引。

　　成人教育和學齡教育很不同。學員來自不同的各個領域，經過長年來的努力打拼，在有錢又有閒的退休或半退休階段，利用閒暇來做自己有興趣或好玩的事，這種樂在生活的態度，真的很值得鼓勵。他們之中有大老闆、醫師、老師、公務員、

退伍軍人、大地主、經營小吃的老闆或老闆娘……社會菁英、人中龍鳳，全聚在一塊兒了。我要不是心臟夠大顆，專業夠強大，怕是在他們之間我都說不上話。特別是在喬「共識」這事兒，我只能算計班長去執行。

這會兒，沉默的共識是默契使然。他們鴉雀無聲地等我就定位，等著我講話。那一刻，十多坪的空間裡，空氣裡都是蒸發著五個月來累積的淚水，和再度歡聚的興奮，很甜，帶點鹹。

我帶了幾個消息給他們，並且仔細端詳他們的表情。雖然這不是上課，但他們專注的聽著我的指揮一般，在每一個消息講完的時候，時而釋然的大吐一口氣，時而露出不捨鼻酸的眼神。我同時也帶去了五十本的《鳳凰花開時，我學會了笑》，現場開簽。

以上場景及滋味，複製貼上所有歡唱人生歌唱班。我住院時沒多哭，疼痛時也能忍著痛，唯獨在這些久違重逢的時刻，我認真的印證了那句話：在心疼妳的人眼前，眼淚才是珍貴的。

我不應該笑了嗎？他們是愛我的！

B.繼續接場

這三年來，因為疫情時鬆時繃的關係，很喜歡接到電話

（接場），也很害怕接到電話（取消）。不過，我的人生走到此刻，真的問題愈來愈少。沒有太高漲的欣喜，也不會有太大的失落。說不是好事，也算好事。

　　早期我從駐點演唱，到後來接婚禮多。近幾年來，婚禮場少了，社團活動的場子倒是補上來了。哪扇門要關？哪扇窗要開？都是老天爺的意思，我只要練好歌、多看書，保持著這些門窗的通道暢通就行。

　　能來找我的，我都會現況明說；願意再讓我上舞臺，他們真的很勇敢！

　　八月底上臺，是我第四次化療剛做完的第十三天。我的姐妹一直要我好好休息，攔我別去；當然，也害怕我砸了人家的場。但孫會長一直鼓勵我去！縱使在林皇宮那天，他人坐在主桌，頻頻回頭看著上下舞臺的我，用唇語問我，「OK嗎？」「OK嗎？」顯見他也怕我砸了他的場。

　　這叫做，又期待又怕受傷害。

　　我喜歡，真正的理解和欣賞。

　　好友說，小曼平常沒什麼存在感，一握到酒瓶或麥克風，整個人就會活起來。無誤！與其讓我關在病房裡黯然神傷，不如讓我上臺去閃閃發亮！

　　十月份，我正進行著質子治療，但我依舊去跑了兩場，都是四、五年前一試成主顧的社團活動。十二月的那四場，我交替使用了Plan A和Plan B。自己上場忙的那連著兩天的三場，我累得如同化療的感受一樣，頭疼無力，賴在床上整整兩天，連飯都沒有吃好。即便當晚現場興奮地沉浸在歡樂的氛圍裡，

幾個委員搶著說，「明年還是妳來！立刻可以簽約！」我很開心，沉醉在別人的欣賞中，差點兒就點頭應允。

有人問過我，為什麼那麼喜歡工作？真的魔羯座都這樣嗎？

我記得年輕時，因為小說長期的荼毒，一天到晚只想談戀愛，並不愛上班。所以爸媽總是調侃我，「一年換二十四個老闆」。現在想想，有很多工作，是因為我的俠義和老闆的無良相衝突，真的不單單是為自己抱不平。如果讀者你們家正好有和我一樣不愛上班的人類，別懷疑，她（他）就是塊自營商的料兒！

自營商或者會承受環境社會的動盪而影響生計，但您不知道，在學習鋪陳的過程中，他夢想了多好的美景；自營商或者會虛擬太大的願景讓您感到咋舌，但哪一種偉大不是築夢而踏實？當踏實不若期待者所想像，不要以為，他一點都不自覺自己有多混帳？

還好，我這個自營商挺自律。想像美好之時，一定做好風險控管：可以大，可以小；可以多，可以少；有Plan A，就會配套Plan B。我的麥克風有足夠的電力，和我融為一體時，會導出源源不斷的生命力。

C.師生聯歡會

通常，很多歌唱班的老師要辦成果展的目的，除了讓學生體驗舞臺之外，多半是為了擴大招生。以我的狀況，減班在即

了，再不甘心，也只能選擇好好休息。但總召堅持要辦這場聯歡會，集合我所有班級學員來同歡。我不做二想，他是想給我最大的鼓勵！

　　各班出了兩員，開了幾次會，會程簡單得讓我質疑。開會開會，不知道有沒有愈開愈會？我心想，怎麼都不來問我這專業的？到時候，最忙的肯定是我！他們搞得愈神祕，我愈是憂心。

　　憂心？其實是不必要的了。開心唱歌有什麼難？總召這樣說。

　　搞神祕？更沒有必要了。因為我已經在會前把大題目流程都安排好了。除了我，有誰認識我所有的學生？並且知道每個人的狀況？

　　10/16的現場狀況，一如我想像。有我在，沒有大難事！對於工作，我太得心應手了！總是把事情安排得剛剛好，以至於生活總是呈現著一種規律的完整，讓情緒的水平不要太震盪。節目流程是制式的文字，但亮點總是出人意表。

　　制式的那些，包括：遠自臺北來的王昀之大哥和盈盈姐，他們妙語如珠，一向是我成果展的御用主持人；各班上臺演唱的同學，聽說很密集地自我訓練過；大家會很開心的把握這回相聚的機會，共享美食珍饌之餘，要上臺的還揪集在場外不斷的練習。

　　亮點是：我一向知道玉慧姐的審美很厲害，加上Amada這個高徒，入場的那片布置，確實活潑得讓大家都留下了美麗的照片；高雄市立圖書館的受捐代表來了！與大家共榮這個重

要時刻！誰說小人物只配庸碌？雅音志工團的姐姐們，雖然身患殘疾，但樂觀開朗，參與力強，整齊的團服和美妙的歌聲合音，讓大家都如沐春風；我大概猜得到，總召和幹部們會送我一件禮物。果不其然，那一座祕製的金色麥克風獎座，是金曲獎之外的金嗓肯定。

　　師生聯歡會後的大概一週，我收到一封大郵件，來自屏東內埔關愛之家。有些我大概叫得出名字的住民，以及半數沒有太大印象的，只有一些軀體扭曲的模樣。那張卡片的字，一人一至兩句，寫得歪七扭八，像風中打斜了的雨水，和我的眼淚。

　　還沒認識他們之前，我和一般人一樣，大約只知道「愛滋病」的傳染途徑，卻不知道明細的病徵或歷程。我的病症雖然和他們不一樣，但是器官會漸漸輪番衰敗的過程，應該是差不多的。我流的眼淚是捨不得他們？還是捨不得自己？聽馬世亭主任說，那些留言，有人是請人代筆，有人是用嘴巴咬著筆桿寫的，每一個吃力的文字，都在抵抗著多舛的命運。

　　最近在雅音志工團群組，也看到姐姐們很努力在排演，參與了很多慈善餐會的演出，並且，例行地去日照中心娛樂老人家們。誰能不感動？她們每個人是拄拐杖或自駕輪椅的身障人士，卻有的是滿滿的生命力，不畏行動的不便利，更是不畏世俗的分別心。

　　歡唱人生班的同學們只知道自己愛唱歌，並且結交了一票志同道合的朋友。這一回，因為愛，而捐了一份心；讓發光的自己，順便也點燃了好幾個希望。

眞心祝願，能到現場來參與、以及有上臺演唱的同學，都載了一顆滿滿的心回家。因爲你們，我才有力量書寫夢想，更邀集大家共同參與「前書」捐書至各大圖書館，並且將所有書款捐予雅音志工團，以及內埔關愛之家。這一來二去，才發揮了團結的力量。

　　最後，我把那座金麥克風上，爲我量身而作的那兩排字，分享在這兒，它適用於我們每一個，不管命運的磨難如何，都努力爲自己負責、奮鬥的大家：

　　浴火鳳凰，歌唱花開時節

　　越過山丘，起伏笑看人間

　　「三個臭皮匠，更勝一個諸葛亮」，總召和幹部們的那些開會，還是可以愈開愈會的！

新書分享會

　　舞臺站十多年了，我是專業。我知道每一場人和人的集合，必有很多的前置作業。但我第一次不當主持人，而是當主角，享受我的細胞分裂。

　　書店要上網頁預告，我得交出一些作業；在交作業之前，我必得先做些功課。不會做的沒有關係，我知道救兵在哪。

　　面對作者簡介這件事，我參考了很多的作家的寫法，反倒更是卻步。我沒什麼代表作，也沒得過什麼大獎。於是，我很想寫：

　　1.人長得不錯

　　2.身材練得不錯

　　3.歌唱得不錯

　　4.文章寫得不錯

　　5.心地不錯

　　我可以寫出自己很多的不錯，但和新書分享會有關連的，不到百分之二十的比例。所謂的「長得」、「練得」、「唱得」、「寫得」都是沒有標準的抽象詞，明明敢自誇，想要網羅每一塊塊狀的吃瓜群眾，又卑微地覺得人外還有人，天外還有天。

　　兒子說，照我這寫法，吸引不了人！問我有沒有部署暗樁？我答，「算有吧！」他說，「如果有，妳寫什麼都不要緊了，反正不會鬧空城。」

以前的我不知道，世界上的答案總是這樣簡單！努力得很多，是爲了想要得到更多；一旦心裡產出害怕，怕招架不住「更多」時，老天會聽從最原始的那個心念，給出一般般的收穫，卽時令人明白，信心比努力來得首要。

　　那天，寒流乍到，三餘書店外，是數年來高雄最冷的一夜；書店內，暗樁抱團取暖。

　　我簡介過「前書」的書寫初衷，是爲了完成一場愉快的靈療。要不是這場確定，我肯定還在滾動。一瓶不斷在晃動著的水，能沉澱出什麼東西？這一停，看似所有的反應，都是我願意接受的答案；而我呈現的答案，卻是很多人想問的問題。

　　很多人想問的，我問過自己了。只是，回答了自己的話，能不能也這樣答給人聽？好在，敲定新書分享會時，我的高中老師沒有拒絕我的邀請，來當這場分享會的引言及主持人，她有足夠的經驗一面爲臺下的大家找問題，一面又要替臺上的我回答我答不出的問題。

　　其實在分享會的前一天，老師就給了我四個互動問題，沒想到，我不是她太上心的學生，卻沒有辜負曾經師生三年的默契。我是有備而來，老師是揮扇等著東風。四個問題如下：

1. 心理學家說，遇到重大挫折會先有憤怒、否認的情緒，妳有嗎？
2. 眞實剖析自己，會有掙扎或不堪嗎？
3. 在妳的斜槓人生中，若只能選一項，會如何選擇？
4. 除了2023年四月可能出版的書外，是否還有其他寫作計畫？

那天我是抱著本書已完成的一些紙本篇章去到會場，想要重溫讓老師改作文的舊夢。在〈give me five〉裡，早就寫好了第一個問題的答案。

　　至於二、三題，它們像流水年華，今時和往日不會相同，我沒有正確解答。看到第四個題目，我笑了！老師真把我當作家了！

　　當日現場，總召陳建安同學全程錄影。回家後還花了幾個小時把它拷進隨身碟給我。三個月過去了，直到現在，我還不敢去重播它。

　　人生的每一場記錄都像是跑馬燈，跑過的淡淡光影，拖曳著暈開的尾巴，形成若有似無的記憶，讓那些所謂的「長得」、「練得」、「唱得」、「寫得」的抽象詞，像彩虹一樣不斷滾動著、無法停滯的動態。它們和寫書，其實是大大有關的！

貳、人格拼圖

好多人說，小曼的人生過程好精彩，不枉此生了。

我說：笑是花，淚是紗。

笑著揭紗還是淚

淚裡看花花非花

其實我常常羨慕別人可以什麼都不懂，就快快樂樂，甚至渾渾噩噩，終其一生；我也常常替別人緊張，怎麼能不看場合，什麼話都說，只要老子樂意？老娘喜歡？

人生是一路愉快的旅程。有人覺得旅程只要放鬆愉快，而我卻喜歡同時有收穫。關於那些被嫌棄得不明不白，或者，被淘汰得莫名其妙，我好像有點搞懂了。

只要懂得捂熱自己的心，大自然的雨天或晴天，只是環境，只是風景。

三更有夢書當枕

我從小就愛看書。

小時候居住在前金區，爸媽做雜貨店生意，生意好到需要餘裕的地方做存貨倉儲，所以跟鄰居孫家租了一個地下室。孫伯伯是跟著老蔣公來到臺灣的文官，很大的消遣都是在讀各種報紙，他中年微胖，但身形挺拔，老是梳著旁分的油頭，文質彬彬，不曾聽他大聲說過話。他們家有報架，報架上架著報夾，孫媽媽每天的工作，就是整整齊齊地將國內外各地新聞晾上去。報架的最下面兩格，總是架著個兩架小報夾，夾著彩色的《國語日報》周刊，因為孫家有兩個和我年齡相仿的女兒，小美和小娟。

從筆直的角度往他們家看過去，三排式的鐵捲門，左右側的很少拉開，而中間那扇會拉到一個半人高，要拉下鐵門時需靠一支鋼筋勾。透天厝的樓梯在室內三分之二處將室內一分為二，後面是廚房，前面是客廳。我已經忘了一樓的客廳有沒有擺設沙發，只記得，廳裡靠右面的牆有一張鐵抽屜的舊式辦公桌，桌上常常亮著一盞檯燈，報架就在桌邊。遠觀感覺幽暗，近身時頗覺溫暖。地下室的入口正是房子的對角線，上述場景是我出入搬運貨物時的必經路徑。

小時的記憶離我有點遠了。琳琅滿目的貨品和一堆色彩鮮艷

的糖果餅乾在我家的店裡，都沒能引起我的興趣，而孫家的小報夾卻是我感覺最繽紛的記憶。忘了是什麼時候開始，我也開始讀她們的國語日報，其他的時間裡，也填充了她姐妹倆的漫畫書，從《小叮噹》、《老夫子》、《怪醫秦博士》，一直到《尼羅河女兒》。

友好的關係，一定是建立在共同的興趣上！她們買得愈多，我看得就多；越是友好，也就容易僭越規矩。有一回小娟補習回來，我坐在報架邊的小椅子，就著昏暗的檯燈光，正在看新出爐的國語日報。她一把搶了過去，大喊了一聲：「我是主人都還沒看欸！妳怎麼可以先看？」在廚房裡忙著的孫媽媽也因為她的怒喝聲探出頭來，釋放著一種我至今都無法解釋的眼神！我臉一燥，就再也沒和她說話了。也從那時起，我只會低頭快步出入地下室和一樓門外。

躲躲藏藏的小學時光，溜滑梯一樣的，不需要使勁就沒了。爸媽的生意確實也掙錢，就近買了房子。我們沒有在那個地下室待太久，小女生彼此的心結也一直沒打開。

上了國中之後，我還是結識了幾個愛看書、看雜誌、交筆友的同學。她們會偷偷化妝，也能把制服穿得很時髦：白襯衫背面要燙三條線，袖口要捲兩折，摺裙改到膝上，摺子燙到發亮，在走動的一開一合之中，羞澀地張揚著少女荷爾蒙，在訓導主任的訓斥和男同學的口哨聲中冒險穿梭。她們帶我去租書店，我興奮極了！因為那裡有尼羅河女兒！

一樣有異性的戀愛，《尼羅河女兒》的凱羅爾和《小叮噹》裡的宜靜卻很是不同：宜靜的眼神和我一樣，圓圓的眼

球，黑色瞳孔，只有張開和眨動二種狀態；但凱羅爾的是四方形的，眼睛裡有很多閃閃發亮的大小泡泡，看到曼菲斯時，瞳孔會時大時小、撲朔迷離，巧笑倩兮，美目盼兮，像我身邊的這些女同學一樣，我能清晰地聽到一種不可言喻的聲音在發芽，「啵」、「啵」、「啵」地破殼而出。她們笑我，看卡通太幼稚，然後丟給了我一本羅曼史小說，接續了沒有結局的經典漫畫。

小說魂被開啟，加上眼速快，國一國二那兩年，除了武俠小說，我已經把學校附近租書店書櫃裡的書都看過了一遍。當同學們約好要去看瓊瑤電影時，總是沒人願意坐在我這個可以一路劇透的人旁邊。忙著看男女主角談戀愛了兩年，回過神，居然要聯考了。我努力轉進了A班，而漏掉的那前兩年的教科書，讀來已經很吃力了。

時局緊迫，爸爸差了我二堂哥過來替我上家教。當年他是東吳大學電算系的高材生。他帶來的是一等一的數學能力，還分享了大學校園的自由氣息；他教了我三件他在大學校園最快樂的事：聽Air Supply、抽菸、讀琦君與席慕容。

最後，我高分落榜了。爸爸很傷心自責，生了一個笨腦袋給我！明明看我天天捧著書看，天真的以為我會考上雄女。放榜過後，只教了我一年的國三導師親自登門來找爸媽深談，她說她看好我，鼓勵我重考，但我一想到每次進補習班時就有一堆字條在傳來傳去，我就放棄了。我信不過自己，和我那飄飄的心。

我聽聞某個私立職校有漂亮的背心裙制服，便帶著高分

的聯考落榜單，和二堂哥送我的《錢塘江畔》去了三信高商。那時姐姐在上護專，講述的書名和堂哥買的一落書庫幾乎一樣，爾雅、九歌、大地……出版社，琦君、張曉風、王鼎鈞、愛亞、白先勇……。我們班有很多美少女，已經在現實中去開創自己的浪漫篇章，而我卻還沉浮在那些字裡行間與自己談戀愛。

現在，我還看書，什麼都看，但偏愛了哲學與邏輯理論。我還是那個蹲在別人家檐燈底下看國語日報週刊的小女孩，但身體的發育和退化，始終跟不上每本書帶給我的震撼與波瀾。

但凡我看過的書量都換成教科書的話，我今日的人生肯定不一樣。時至今日，我並沒有期待過，如果時光能倒轉，我要換回那個「不一樣」。

我和任何人都不一樣。任何人也都和別人不一樣。個性不需要拷貝，情節會因人而異。我樂於接受每一種真誠的欺騙，也懂得遠離惡意的假惺惺；我明白自己的衝動都是故意的，也會承諾自己受傷後不能哭得太大聲。

大道理學很多，但我不跟人抬槓；很多的心知肚明，不需要引經據典。因為讀過的多半背不住，只會在午夜夢迴時提醒我，別太傻，傻得差不多就好！

貳、人格拼圖

琴上有琴聲

　　我很認命，所以我不曾羨慕過別人有什麼。除了鋼琴。

　　小學一年級時和我要好的兩位女同學，她們家都有。孫小娟家也有。家裡有一臺鋼琴，不但是一件很有氣質的事，最重要附庸的意思，是會彈琴的女孩都烏髮質地柔順，膚色白白淨淨。她們的身上散發著很特殊的魔力，總是吸引著很多人的眼光；縱然我只和她們同班兩年，但一直到現在，我始終記著她們的名字和小學模樣。

　　陳小岑住在愛河旁邊，她家一樓做大生意的。膚色很白，眼睛圓潤烏溜溜地靈動，總是紮著高高的二條大辮子；她的制服也很白，藍色學生裙的摺子燙得很工整，感覺是天天換一套新的模樣。可能是因為上下學都有黑色大轎車來接她，所以多數人都不太敢接近她。

　　有一回我陪她在校門口等司機來接，她有點命令式地順口說了句：「要不要來我家玩？」我真的也跟著上車，被她領回去了。

　　王小香住在五福路，大約在目前城市光廊對面的中段。她長得很可親，也是白白的，常常帶著笑；不知道為什麼長得有氣質的女生，她們的頭髮都很乖，很自然的在肩上會勾個內彎，只要頭上繫條髮帶就能像冰淇淋般

的清涼甜美。她會主動牽我的手，約我一起去上廁所或去福利社。大家和我一樣，都喜歡她。

我去陳家，連門也沒敢進，四面的落地窗灑進了一整式的王範，所有的傢俱都在閃閃發亮，尤其是那架三角鋼琴就霸氣的座落在房子中間。陳小岑書包一丟，往沙發一坐，就喊我，「進來啊」，我瞥見自己的樣子，映在被刷亮的電梯鋼板門上，有點扭曲，連忙說，「我媽媽叫我早點回去送貨。」算是落荒而逃吧！

在那個沒有量販店和超市的年代，爸媽的生意真的很紅火，所以我和姐姐常常放學回家就要一起去送貨。當然，我們也看過很多人的家。

我去王家大概也只有三五次。王小香的家是透天厝，在小時候的眼界裡，不大也不小，主要是她會拉著我的手進門，領我去開冰箱，問我想吃什麼？然後又拉著我去坐在沙發，絮絮叨叨的和我輕聲說話。我會怔怔的分神，看著貼合著樓梯斜面的直立鋼琴。有一次，我開口跟她說，「妳可以彈琴給我聽嗎？」

她連忙道好，然後去掀開鋼琴的紅裙子和重重的琴蓋，她的兩隻小手像麻雀跳躍般，便叮叮咚咚地輕快地彈起了一首很短很簡單的旋律。她邊彈邊看著我，笑得小虎牙也異發可愛。

我聽過琴聲了。那天好興奮，好開心！在好同學家裡，享受她家的冰淇淋和她的笑，我始終無法忘記那份幸福！

我記得家裡也有一架電子琴，我忘了是誰買給我？還是買給誰？大概像學校風琴那麼大，有很多內建的各種樂器聲和各

式的節奏型態。有琴沒什麼了不起，重點是也沒去學，永遠只會Do Do So So La La So，Fa Fa Me Me Re Re Do右手單音的彈著小星星，或小毛驢之類的。

　　家裡經濟也不是不好，只是爸媽都是埋頭在賺錢的人。我們一家六口人，也很有生活儀式感：遇到值得慶祝的節日，雜貨店會提早打烊一起去看電影；或去當時最熱鬧的六合路吃神戶牛排；過年前還是不免俗的要去大港埔人擠人的買新衣新鞋。就是不知道為什麼，在培養才藝這個部分，除了爸爸很堅持我們兄弟姐妹要能自衛，必學一門武術功夫外，沒有太多琢磨。

　　姐姐是專科生，和我同年畢業進了職場，閒瑕之餘，她也去學了很多才藝，打皮雕、學畫畫，在美術方面顯見天分；妹妹現在人在美國，也畫畫、打毛衣，還會常常在休假時做烘焙，拍她的作品給我們流口水。

　　我錢攢得少，也很有責任的付家用，存錢很慢。但我還是在二十一歲時買了架鋼琴，放在男友租賃做生意的店裡。短短不到兩年時間，我們分手了，我得把鋼琴賣了。當時看著那架鋼琴，裹著厚厚花花的舊棉被從二樓的窗戶被吊車吊下來時，我的眼淚也隨之滑了下來。

　　實踐夢想到底有多重要？和夢想擦肩而過時，有沒有很扼腕？年過半百了，姐姐還是持續在畫畫，妹妹還是時不時的在烤餅乾和麵包，我卻已經很少彈琴。

　　結婚當了專職媽媽以後，我還是抽了時間去圓了這個夢。重覆的事又做了一遍。二十多歲時是瞞著父母買在男友處，

三十多歲時是瞞著老公買在娘家。最後鋼琴還是搬回家了，而且我還練了挺久的時間。那時候送孩子去上學後，我一天可以坐在鋼琴前練六、七個小時。

剛練的時候手速不均，指力也不足，老是坑坑巴巴，聲量時大時小。只要我在練琴，小孩或他爸就會來把我琴房的門關起來。我本來是想炫技，卻遭嫌棄，只能在他們不在家時練，或識相地關起門來練。認真學了大概一年多後，琴房的門被打開了。孩子跑來問，「媽媽，妳為什麼會彈周杰倫的歌？」老公也來開門，邊看新聞邊聽我的琴聲，跟著流行曲一邊播，一邊不落拍的幫著原唱伴奏一樣。

彈了琴的人生，真的很不一樣！坐在王小香家裡的幸福感唾手可得。只要我一彈周杰倫，孩子們就會湊過來哼唱，他們的臉，香甜得像冰淇淋一樣。

一開始沒料想到，彈了琴的人生，也很有戲。我開始偶爾晚上去駐唱，而且還會接白活兒。

因為駐唱而開啟了婚禮工作，非常快樂，全場都是笑聲。有音樂的地方，總是連結著婚喪喜慶。我看其它樂手接白活兒，也都是開心的。只要能賺錢，都是好活兒，是吧！就像我小時候的記憶：

阿公過世的那年，我大概十二、三歲，爸媽帶我們回學甲奔喪，在鄉下住了幾天。老家是L型的古早厝，像三合院式的，只是我們的少了半個邊。房子前有一小塊空地，很多時候是竹籬笆圍著，大概是阿嬤在裡頭曬曬衣服或蘿蔔乾什麼的。因為辦著喪事，那塊空地空了出來，主要為了容納多一些的人。

阿公前後有兩個老婆，九個孩子，將近三十個孫子，全回來了。加上表親、堂親，來來去去，很是熱鬧。那幾個白天晚上，按表操課似的，除了每天吵醒我們的嗩吶鑼鼓哀樂，在小空地上有很多表演。

　　那時代，唱孝女白琴一掛大概兩至三人，除了出殯那天，披麻帶孝領著真正的傳人子孫哭一路之外，在那幾天前，她們就來佈置了小小的化妝區，像戲班一樣。接著幾天，她們會身穿很多七彩繽紛的衣裳，類似歌仔戲服，西涼邊境那種，臉上畫著浮誇的妝容，在空地演節目。

　　有一晚，我們各自端著飯碗，坐在貼紅磚牆的長板凳，邊吃邊看當晚的古早孝行戲碼，劇情是這樣的：有一戶人家，因兒子出遠門長年不在家，只有婆媳兩人相依為命，生活極苦，只能粗糠裹腹。一天傳來噩耗，兒子命喪他鄉，消息傳回來，婆婆應聲倒地，傷心欲絕。生活本就無依，加上老婆婆病重，得補身體，媳婦沒有辦法，只好割肉燉湯。

　　老婆婆一喝到肉湯，突然地摔碗大聲怒斥，「我的後生屍骨未寒，怎地妳就尋了新歡？如今還有好吃好喝？」媳婦百般委屈，又辯不出所以，只好亮出她割肉的大腿……

　　即便我們已經長很大了，漸漸地也懂了死亡這件事，但那碗「瘦肉薑絲湯」的戲碼，還是一直存在姐妹記憶點，不時在對話中被笑話似地引用。

　　告別式的工作時間點很早，第一場通常在早晨五點半就開始，喪家要是遠一些，便得在四點多要起床出門。或許是經過的事已經太多了，感慨深了，也可能是起床起得太早，身心脆

弱，有時候曲子還沒彈上半首，我已經哭得像個未亡人。

「一日之計在於晨」啊！好幾回同棟樓的鄰居還睡眼惺忪地正要趕出去上班，我已經揹著琴完場，哭紅雙眼回來了。歷經三個月，抽離不了那種情緒，感覺身心疲累，決定放棄這份不開心的工作。

我的授琴老師一直不斷的鼓勵我從事教學，主要是表演這條路挺現實的，年輕貌美一向是首要條件。雖然能臨場應變的轉七個調性，但我始終沒有肯定自己的琴藝。自娛是一件非常快樂的事，但比起會彈貝多芬和蕭邦的，我還是覺得我的歌聲更勝一籌。

這一路走來像流水，順應著夢想和興趣流著，沒想到支流卻開創了我好幾個不同的工作方向。因為學了琴，所以上臺去表演了；雖沒彈太多琴，卻唱了歌；因為開了口，就順著主持了；因為表演青黃不接地告急，我進了教室教唱，也坐上了評審臺。

我的鋼琴沒有跟著我出來，新買的陽春電子琴彈起來很沒手感，偶爾彈彈主要為了捉準歌曲的調性和旋律。久沒練，當然生疏了，無法信手拈來，如同琴房門被關上時一樣。但我還是會慢慢的找時間，抱著譜，去坐在宴會廳的鋼琴前，好好享受一個人的時光，享受那些美好的冰淇淋回憶。

愛情的樣子

　　愛情，是一首一首的小品。它不一定有主角，但一定有心情。我隨手寫下了很多愛與被愛、隱現和迷藏、一矛一盾的相愛相殺。很零散，也沒有最終章，他們是空氣中的各種養分，致使我，無怨無悔地，愛了一輩子。

　　◎
　　早上吃了和他一起時愛吃的食物
　　路過和他一起時會亂晃的地點
　　想起抱著他的腰時的歡聲笑語
　　感覺著，世界怎麼那麼小……
　　我以爲終結一段關係，是新生活的開始
　　殊不知
　　過的還是舊的日子
　　◎
　　戰爭和愛情之所以永遠是小說最好的題材
　　因爲這二者
　　可歌可泣
　　也最無情無義／
　　祥和一座城市
　　或是
　　爆破一段關係
　　皆是層層增愛

也是疊疊加冰／
你以爲摧毀足以痛心
我卻覺得
黑暗之後
才見黎明

◎

突然很想念
他所說的每一句三八話
三八話
出自陌生人的口，是一種不懂分寸的輕浮
出自不熟朋友的口，是一種越界的厭惡
出自好友的口，是一種經驗交流
出自主持人的口，是一種舞臺效果
出自親密愛人的口，是乏味生活裡的安慰
因爲平實的日常
總要有一些甜蜜的惡言
來平衡場面話的虛僞

◎

你對我好，也有兇我的時候
你問著我的來時路，同樣也在緬懷自己的過往
你說愛我時，一如我現在一樣思念著你
只是時間不對位了……
非得人走遠了，才領悟某個關節，
在你身邊，我不想聰明，不想獨立，

貳、人格拼圖

才能圓滿上天把你給了我的美意。

可是它又嫉妒了我，給了你壞脾氣，嫌我太依賴你

怎麼仔細盤算？

真格的感情，只是一種打平的遊戲？

◎

我曾經想找個人生活，一起笑一起愁，一起度春秋，

卻總熬不過寒冬葉落

每當晚風吹起月兒悠，夜愈涼人愈瘦，寒暑匆匆過，

無人聽我心弦獨奏

唱著心事滿滿卻心房蕭索，琴聲單調不能相扣

人來人往的美麗愛情街頭，有誰能長久為我不走

默默地輕輕地將心鎖，把鑰匙往大海一丟，無聲銹鏽也不

算寂寞

無心落花和無情流水，總是喧鬧，總是不休

◎

半夜睡不著覺，不適合哼首歌，又不敢一個人上屋頂，更

別說會有個夢中人在傳輸著動人旋律。

年過半百，總是在半夜特別醒。舊夢裡縈繞著那些醉人

的字句，三個字、或五個字的形容詞，麻醉了我半輩子。其實

美麗的字眼倒也不假，只是能真切到五分，花兒就能開放到七

分。有蜂有蝶有雨露，有陽有氧有花賊，更是精彩過於十分。

醒了好？悟了個人生，不過杏杏。

混了好？醉了個人生，圖個擁抱。

有時在那醉裡逃，有時又在醒中喊不要……

彼時此刻

就怕，醒在鏡子前，無花無月，一個人終老

　　王子與公主的完美大結局，比不上我所看到，戀愛之中，那個有時泡在蜜汁、有時泡在醋缸裡，千變萬化的自己。

貳、人格拼圖

生活的福爾摩斯

A.天線寶寶

我已經忘了小學五年級時，課業重不重，但是導師要求我們班的同學要天天寫日記。

老師說，可以每天寫：我七點起床，刷牙，洗臉，吃早餐，然後上學。在學校裡，上了XX課和XX課（把課表抄一遍）。每節下課十分鐘。到下午四點，放學回家。回家以後，寫作業，吃晚飯，洗澡，看看電視，然後睡覺，美好的一天過去了。

我很乖。因為天天照寫，所以它是我從不缺交的功課，總是很理直氣壯的每天把日記本翻開在當日的那一頁，趴在老師辦公桌上的那堆日記小山。

有一天，老師下課叫我去，說我太乖了，日子也太美好了，她反倒不樂意了，難道沒有別的東西可以寫嗎？接下來，我就只好在固定的日記文裡加幾句教室的日常，寫下：「坐在前面的葉小明說了個不好笑的笑話，還扮了個鬼臉，被王小強打了。」然後，那天的下課，葉小明和王小強就被老師約談了。

約談回來，王小強帥帥的臉很臭，很生氣地說是要捉出打小報告的人。他額前那彎自然卷的髮尾，正好不偏不倚的朝著心虛的我。葉小明心裡卻美滋滋地，因為老師會開始維護他，即使他的長相和行徑真的很欠揍。

我幾番好好的守護著我的日記本不給人看，深怕被貼上反骨的標籤，就會被歸類在葉小明那個不受歡迎的小群體。同時，我也意識到兩件事：真人實事不能寫，不然得不具其名；以及，這樣的胡言亂語，篇幅也加大了。於是我的日記裡慢慢的出現，「有人說……」和「我有一個朋友……」它們可以解決我以上的兩個難題，也不需要儲備現實中的替罪羔羊。當然，老師果然不再找我麻煩。

作業不是天天有，但日記要天天寫，它成了大家的一道難題。別人寫了什麼我沒有興趣，因為我光是自己要想題材的時間都不夠；不但連我遠親的長輩一個一個被我寫病了，就連左鄰右舍的一堆阿貓阿狗也都被我寫死了，再繼續下去，我即將成為主宰宇宙、而唯一倖存的地球人。也可能是因為這個時間點的造就，時至今日，我不太關心別人的八卦和生活，因為我的感官觸角很雜亂。

生活在傳統市場裡，雜貨店每天出出入入一大堆人。我開始看著這些人，從頭看到腳，並且聽他們說各種不同的話。

文武二街那個咖啡廳的老闆娘總是吹整著半屏山的髮型，穿著很細跟的高跟鞋，透明的鞋面壓縮著條條分明的脛骨，交錯著腳背上蜿蜒的青筋。小學時期的我，沒有那麼多詞彙來形容眼裡看到的所有短暫景像，頂多寫成：長得像擺在雞肉攤上，被剁下來的雪白雞爪。多半是我媽，也豔羨了人家那雙鞋，跟著也去買來穿了，拉長了我的觀察時間。這沒啥不好，

我媽開心，我就開心。

老闆娘也總是塗著鮮紅的口紅和指甲油，明明話音粗里粗氣，對著我爸說話時老是喜歡抿嘴唇，尾音上揚，幾次我都看到口紅已經沾在她有點發黃的板牙上；結果，我媽也塗上了鮮紅的口紅！我不喜歡，只能直覺直言，筆伐狐狸精，寫在日記本，於是，認真的老師又約談我了，叫我不要胡思亂想，隨便批評別人。

我又學到，不能寫批評。

題材雖然又被削減了一半，還好，好人還是很多的。我爸媽很會做生意，嘴甜、腰桿子軟，所以店裡的客戶很多。住在市場外有一個李代書的太太，生了三個兒子，一心想要個女兒，常常拉著我去他家的透天厝玩，並且告訴我，哪一個房間是留給我的。她的認真感動了我，那個比我家店面還大的大房間和大床也感動了我，我認真回來收包袱，在日記上寫，我要被收養了。認真批日記的老師，上門來家庭訪問了。

寫日記和做人一樣，都好難哦！橫也絲，豎也絲，看來我沒編出好圖樣，卻交錯起來都是死。我新的領悟伴隨著驪歌初唱：日記不能給人看。

小學五、六年級這一頓操作，成就了我兩個習慣，輸出與輸入，並且平衡發展。首先，開始眼觀四面、耳聽八方，天線拉得很長，腦袋清晰地輸入，並且整理這些看到聽到的資訊。再則，我真的樂意提筆把這些事記下來。而且，我買了可以上鎖的日記本，正大光明的輸出想法，懲惡揚善，用力的罵。哈！

因爲專注了觀察，學習就會懂得特別快，所有教過我才藝的老師都誇過。我常常在瑜珈教室裡看到一堆同學，明明教練就說明並且示範得很清楚，還是左右不分，上下出錯。畫粉彩的時候，明明老師就還沒講完重點，就有同學迫不及待地勾勒起來，不斷的問鄰座的同學，「然後呢？」「然後呢？」，白目地打攪著老師的說明。

　　因爲工作或人際關係，這項功夫不由自主地持續訓練到如今，我習慣了走進任何一個場合裡，在第一時間，目光便已尋出結構動線：逃生門、洗手間……不會出錯的空間配置。我也習慣了，走進任何一個團體，看著熟悉或陌生的人，知道誰能靠近，誰和我磁場不合。

　　我年輕時很喜歡算命，易經、八字、星座、血型、塔羅牌、生命靈數……無一不來。卽使算法和算命師一個一個換，算來算去講的都差不多，而我只揀喜歡的聽。年紀大了之後選擇相信，風水在自己手裡。命運的好壞，不就是在擅於觀察周邊人、事、物，懂的如何趨吉避凶？

　　哪裡有惡犬，就別往那方向去。

　　哪個人明明不亮底牌，就別去付出眞心。

　　哪部車子在路上蛇行開快，油門踩得碰碰響，就離它遠點。

　　除非我不怕狗，而且我覺得自己也可以咬死牠。

　　除非我是賭神，動一動耳朵我就知道對方有什麼牌。

　　除非我開超跑，不管是要尬車還是逃命都能比別人快。

　　那些除非，都是初生之犢的憨膽。有一些小傷痕可以當成

貳、人格拼圖

. 79 .

自嘲的紀念，卻不免有一些形成身體的腫瘤，要切切不了，不切又隨時威脅著我。

現在想來，我的開竅和累積看人處世的經驗，是進入社會的後幾年才開始，確實是也有點慢了。雖然錯過了求學的黃金時期，沒有成為一個高學歷、高收入份子，但我終於在這個時候，明白不知不覺地成為天線寶寶，也能慢慢讓自己免於陷入危險、繼續受傷。

B.社會資優生

雖然我們從小被教育「人生以服務為目的」，但多半人是喜歡被服務的。若由我總結「服務」兩個字，我會說，它是海納百川的一種處世態度。

我喜歡一種人，他們常常臉上帶著笑，語調輕快，用詞客氣，會聽能懂，不生分也不隨便，不勉強，也不會感到可有可無的無所謂。他們不只限於在商店、或專櫃賣商品的人，有時只是一個來併桌、或被我問路的陌生人。因為我喜歡這樣的類型，所以我會多靠近這樣的人，促使我也一直練習，成為這一種人。

我曾經以為，因為年輕時便開始了業務工作，所以養成了這樣的特質。若認真地往前推算，該是和我自小在傳統菜市場長大有很大的關係。

有一回，咖啡廳的老闆娘來點了幾項商品，明明那些是她順手就可以帶回去的，卻偏偏要我們跑一趟。我當下沒有好心

情，瞪了她一眼，沒想到，給她瞧見了！

她扯開喉嚨便粗聲粗氣地教訓起我來了，連我媽都沒有護著十一歲的我！擺水果攤在店門口的是我們的店東阿祥叔叔，他一見這女人愈罵愈上口，便來救了我。

他說：「妳哪西罵別人哇西嗯知影啦！若這老二仔阿惠是人人好，伊抹甲力凝啦！」

為了阿祥叔叔的這番保證，我決心要做個「人人好」的女生！

「人人好」是一種服務態度，雖然，它確實和當時我們的行業有關，要把每個掏錢出來的人都當衣食父母，唯唯諾諾地當條哈巴狗。金錢太萬惡了！為了它，大家都顯得卑微！

因為卑微之故，「服務」狹義地歸類於行業別，有點犧牲自己，去迎合別人的成分。明明服務讓人可以感覺像高高在上的大爺大娘，卻多數人不願意尊重這些放下身段的人。所以，服務業成了所有行業裡門檻最低、最流動的一群人。

因為卑微之故，舉凡專業成分加強在字面上的職業，譬如，醫生、律師、老師、會計師、甚至地政、戶政……事務所的櫃檯人員，都不願意被算在服務之列。為什麼？因為頂著專業的光環，他們喜歡自己說了算！

眾所周知，物業保全是服務業吧！我經常出入在各大樓上課，多半每週一次，對每棟社區大樓的保全是最熟悉的。有半數的車道保全在我出現過兩次之後，第三次便記住了我是誰、我的車號、來幹嘛的、並且能主動問候「羅老師好」，儘管我只是個訪客。但另有半數，幾個星期過去，每回我都已經走到

貳、人格拼圖

眼前了，他們還低頭看著手機，然後緩緩地抬起頭，面無表情地詢問我的身分和來意。

兩相比較，後一批人大概不會在這個崗位待太久。在下一個崗位，也不會待太久。我猜，他們只適合待在家。

物業服務算不算是一行專業？當然算！他們要處理一個社區幾百戶的雜項事件和悠悠眾口，是多麼不容易的一件事！所以，「服務」確是一門專業。

因為我常出入醫院，經常在醫院受氣！大醫院裡有各種分門別類的部門和科別，光是批價和掛號的櫃檯就是一大行列，他們有不需要動表情的SOP，你多問他們也不見得能多答，只要循著指揮移至下一號櫃檯去找尋答案。

SOP是最快上手，也最沒人性的。明明我們活在人世間，諸多規範卻植入了機器模式，怠惰了人腦。

我在文明的社會裡，卻用著最陽春的方法在過日子；網路在飛快地進行著各種兌現最快的商業模組，而我卻怎麼也不喜歡網路教學。好友說我跟不上時代，所以賺不了錢，而我卻最戀棧人與人之間相處的溫度。

我喜歡和生意人做朋友，儘管我知道他們的笑不一定由心，有時候也客套得很表面，甚至隱隱地帶有目的性，但起碼很舒服。目的會不會達成，是兩廂情願，一個願買，一個願賣，買賣不成，仁義還在。最怕的是纏得讓人不自在，乾脆一拍兩瞪眼。

「服務」是一種貼心的角度，有九十度的面面相望，也有一百八十度的同立場，更有三百六十度的全方位。選擇付出幾

度，和接受幾度，就是最難謀合的地方。

我約你吃飯，你說沒空。我說，那下次吧！你說好。雖然一次不合拍，但我們還有期待。約會不成立，表示角度不是契合得剛剛好，但關係是舒服的，千萬不要勉強。

世上何處不「服務」？

站在舞臺上接受點唱，最怕收到不會唱的點歌單。我會問，「下週您還來嗎？給我一週練習，下週來領。」

學生分享新歌給我，說他想練。我說好，下期課程收編。他不知道，歌壇新歌翻騰，流行有時比換衣服還快，我多半也得重新學習。

我去過某個診所，人滿為患，藥方開的其實也不過就是那些消炎止痛、症狀治療的藥，病人要的仙丹是視病猶親的態度，反饋給醫護的是市井相傳的口碑。

有誰比較厲害嗎？

厲害的不是誰有比較多張的專業證照，而是他專注傾聽、細心理解、知道什麼話該聽、什麼話能說的社會資優生，他知道該給什麼樣的人，什麼樣客製化的談話內容。速度也許不快，卻深入人心。

無可否認，文明是真的很厲害，又快又準確！我無法拒絕順著潮流，但也不想過度接受。人手一機，就是一種客製化。

選擇什麼樣的品牌和型號，給予什麼樣的外殼或裝飾，都是自主的，但無法獨一無二。真正的獨一無二，是我點選了什麼樣的內容，傾向了什麼需求，喜歡了自己能接受的言論，忽略了公允的必要，阻斷了不同立場的欣賞。它們，被記錄了！

貳、人格拼圖

被一個框，「服務」得服服帖帖。於
是，我被自己的偏見養成得更偏激。
我客製化了自己，被傳輸在雲端，愈
來愈成小眾，不自覺地愈被孤立，不
然就是愈容易被吞噬。「服務」本來
被傳統的目光嫌棄得一文不值，卻被
文明包裝得不知不覺。

　　識得手機始憂患。這個課題，留給想要如魚得水的人。

C.天降神兵

　　上一節我才寫了手機是個陷阱，這節卻要宣讀它的好用之
處。

　　自從有手機，零散的時間都足以打發。我喜歡看些小文
章、小故事，或奇人異事。網路資訊來自全地球，想紅的人很
多，所以什麼樣的短片都有。

　　最近，時逢農曆春節，在FB上看到一支中國大陸的短視
頻，一個四、五歲的小女孩，左手背在後腰間，右手握著大毛
筆在揮毫寫春聯，那個字，真漂亮！她的態度從容不迫，筆行
之處，抑揚頓挫，行雲流水。我也看過其它影片，小小幼兒，
能大張十指，跳躍於黑白琴鍵之上，彈著飛舞的大黃蜂！看過
的很多，只是舉其印象深刻的兩例。每回都看得我驚歎，為何
神童這麼多！

　　我四、五歲時，大字都沒認得幾個呢！要說是輸在起跑

點，這得是什麼分秒進步的神速？於是我想起了二十四孝之一，黃庭堅的故事：

相傳黃庭堅在中進士後，被朝廷任命為蕪湖地方的知州，就任時他才二十六歲。

有一天，當他正在午睡時，做了一個夢，夢見自己走出州衙大門，直來到處村莊，看見一個老婆婆站在某門外的供桌前，手持清香，口中喃喃自語，呼喊某人的姓名。黃庭堅趨前一看，看見供桌上擺著一碗煮好的芹菜麵，香味飄溢，黃庭堅不自覺的端起來便吃，吃完後就走回衙府，等一覺醒來，夢境仍甚為清晰，尤其奇怪的是，嘴裡還留有芹菜的香味。他心中雖然納悶，但並不以為意，只覺得是做了一場夢。

等到次日又午，夢境又和昨日完全相似，而且齒頰還是留有芹菜香，黃庭堅不禁甚感訝異。於是他遂起身步出衙門，循著夢中記憶的道路行去。令他詫異的是，一路行來，道路的景致竟然和夢中的情景完全一樣，最後終於來到一處人家門前，但門扉緊閉，黃庭堅便前去叩門，一位白髮的老婆婆出來應門，黃庭堅上前詢問她這兩天夢中相關事。

老婆婆回答說：「昨天是我女兒的忌日，因為她生前非常喜歡吃芹菜麵，所以每年在她忌日時，我都會供奉一碗芹菜麵，呼喊她來食用！」

黃庭堅問：「你女兒去世多久了？」

老婆婆回答說：「已經二十六年了！」黃庭堅心想，自己不也正是二十六歲嗎？而昨天也正好是自己的生辰，於是更進一步問這婆婆，有關她女兒在生時的種種情形。

貳、人格拼圖

老婆婆說，她只有這麼一個女兒，女兒在世時非常喜歡讀書，非常孝順，但就是不肯嫁人，後來在二十六歲時，生了一場病，死了。死的時候，還告訴她說一定會回來看她！

等黃庭堅進到屋裡，老婆婆指著一個大木櫃告訴他說，她女兒平生所看的書全鎖在裡頭，只是不知鎖匙放到哪裡去了，所以一直無法打開。

奇怪的是，黃庭堅那時突然記起了放鎖匙的位置，依記憶果然找出鎖匙，等打開木櫃，在裡面發現了許多文稿，黃庭堅細閱之下，大吃一驚，原來他每次參加考試所寫的文章，竟然全在這些文稿裡，而且一字不差。

至此，黃庭堅心中已完全明瞭，這老婆婆就是他前生的母親，於是將老婆婆迎回州衙，奉養餘年。

如果您也相信「似僧有髮，似俗脫塵。做夢中夢，悟身外身。」趕緊地，多學點東西吧！輸了這輩子，還有來世呢！

彼時此刻

舞臺人

　　我的同學說，我從事了一個多數女孩都夢想的行業。雖然不是大紅大紫的媒體明星，但也算經營出一塊小天地：主持唱歌，行事獨立，自信有餘，而且常常身穿禮服，亮麗登場，吸引眾人目光。認真說起來，是因為當時二度就業，找不到工作，陰錯陽差，也因為喜歡唱歌，才上了舞臺。

　　最初我在鳳凌廣場並沒有駐唱很久，因為總是低著頭，專心唱歌，總是開場一句問候，完畢一句謝謝加晚安。舞臺時間一場五十鐘，過得很緊張。但因緣際會，它開啟了接場的管道。

　　接場是很興奮的！就像貓王唱的：One for the money, two for the show！特別是看到各式各樣的挑戰，關關難過關關過，柳暗花明後，會加倍興奮。結婚喜宴或每場例會各有專場風格和個人喜好，屬於客製化的服務，前置工作有時比當天在舞臺上的事要來得多，其實這錢並不好賺。親近的好友都知道，私下的我話並不多。為了成為專業主持人，我每天都要對著鏡子說話，就為了每一場次的完成，看到自信的光打亮雙頰。幾年過去，我上場已不需要寫稿了，連什麼場次適合什麼樣的歌，都在我腦裡的硬碟。

　　有人說，我是天生會唱歌。可是經過很多努力的我，知道持續累積是很重要的事。會唱不見得能唱得愈好，能唱不一定能說，能說能唱的不一定不怯場，不怯場的不一定能跳脫出照

本宣科的呆板無趣。

　　身為表演人，我喜歡看表演。但比較多是經常同場次的各式演出：變臉、魔術、人入汽球、熱舞……，因為熱門時間裡，以往，我也身在忙碌之中。

　　好麻吉九月從桃園來探我，我們去了高雄目前最夯的大港橋。那天，愛河邊吹起了秋涼，在大港倉區卻滿滿地圍了兩圈人，看著兩個街頭藝人的表演。一張白狐面具（還是貓？）在一個女孩的頭上，隨著日式的手拍鼓聲和童聲唱著日文曲子，開始舞動彩帶，像是祈福；然後慢慢在曲調高潮迭起時，大鼓節奏響起，二位舞者變換著各種道具，做大型的特技舞蹈：男舞者舞動一個比他還大的立體方框，利用邊角在地上立點滾動，人則時而踏框，時而離框，穿梭其中；女舞者用了一個、多至數十個呼拉圈，用其柔軟的軀幹同時轉動，我一時想起在泰國看過的長頸族，她們把好幾個金色圈圈套在脖子上。在女舞者轉動幾十個金色呼拉圈時，我剎時感覺像長頸族的女性們擺脫了束縛。

　　十月份，我去溪頭妖怪村時，也看到力與美的街頭表演：從一個振奮人心的太鼓打擊開始，接下來有兩位身形結實、身穿功夫裝的年輕人，疊著桌子、好幾張椅子、身子，不斷地往上增高，把在場每一位觀眾的下巴仰角，不自主一吋一吋的往上懸；我們的心，和表演者一致，祈求著只許成功不許失敗！他們裸露在外的肢體線條，二頭肌、三頭肌、核心肌群，條條分明，每一吋都要支持著每一吋的集中力道！一直到站在好幾尺高的表演者穩定好身子，打開雙手那時，全場響起驚呼的掌

聲！我看到他的眼裡，噙著淚水！

　　所謂的「藝高人膽大」，是在諸多的冒險行動中享受了掌聲，再壓縮，朝著更高的方向創造更無限的可能；最好的養分是承受了失敗，再記取教訓與修正的過程。一個拳頭不到的膽，尺寸能有多大？

　　看起來，不管練習什麼，練習的過程都是一種基本紮功和相關性範圍擴大。以上這兩種表演、那些肢體的柔軟有勁，絕不是一天兩天能成就的！讓我想起來，在我運動的健身房裡，有個女生，個頭小小的，卻舉最重的槓鈴。每回我看她在加重槓片時，總是嘴裡不斷的碎唸，一付慢吞吞、生無可戀的樣子；但每回她進出教室，脫掉上衣，露出二截式韻律服，結實的腰身，框成馬甲的線條，她很難不多看鏡子裡的自己幾眼。

　　粗活兒吃力，細活兒就不費勁嗎？

　　我在舊金山時，去Bar聽了兩場歌唱表演。一場是在市區，Bar裡有撞球檯，吧檯邊圍繞著一些喝著小酒、聊著天的客人，Kenny獨自彈著電吉他，自彈自唱的演出著；另一場在我們住的AirB&B的山下，一團有四員，兩把電吉他，一把貝斯，一位爵士鼓，除了爵士鼓手，其它三員都能唱，而且嗓音各有特色。聽吉他功力，絕對是我妹夫Karl在行！因為他也是同行。聽聲嗓，這下我真的有點懵了！我這個多次列席評審位置的專業人士，居然感覺美國土地上，個個都是大歌星一般！那種明星氣勢不只是聲音的突出，同時移動把位和刷弦的手勢、姿態，和吉他根本是融為一體的！加上腳上還要踩著效果的混音器，在表演的當下，身體沒有一處細胞不吸引人！更別

提solo的時候，抬腳45度和30度，彎腰15度或下腰10度，仰頭5度或低頭10度，度度都有不同的戲！刷弦的手上勾地、下刷地、用力地、及大圈小圈的劃動，像漣漪似地，暈開空間感的表面張力。

我認真自省了一下，自己在臺上有沒有這麼迷人？歌手真的就比較輕鬆，門檻就比較低嗎？但我可是真真切切地練歌拉嗓，不肯錯過任何一張點歌單的盡責呢！

我的最後一個駐唱站，「黃金愛河」已經歇業兩年了，但我始終無法忘記去駐唱的日子。每一個場次都是心情雀躍，即便是感冒，鼻音很重，只要嗓子能唱，我從不缺席。我很記得陳國鑫董事長的經營理念，他希望讓美麗的愛河永遠響著歌聲，穩定著歷史最悠久的高雄地標。

可惜我幾回回到那塊腹地，已是一片綠地，再無往日榮景，就連整個河西路，人已空，燈已滅，徒留一場不被支持的信念而至此。

在亞特蘭大時，妹妹和妹夫不免俗地要帶我去音樂Bar喝喝小酒，聽聽歌。

這個Bar，和以往去的沒啥不同，全場大概有三十多人，但是，平均年齡六十歲起跳。吉他手，不斷秀技，靈活的手滑動著電吉他的把位，音階又跳又抖的牽引著挨著舞臺最近的男粉絲，他今天一個人來過四十三歲生日，被專寵的哄著；臺下的他，似乎也音樂魂上了身，隨著節奏晃著一頭金色的齊耳中分髮，撥弄著身前一把看不到的吉他。

舞臺前多半是上了年紀，卻全身活力，打扮舒適的女人，

輕輕隨著音樂扭動著身體，沉浸在歌手渾厚卻輕快的夜晚。

　　Karl說，這叫Neighborhood Bar，意思是，住在鄰近的人，一天下班後，步行就能來到這放鬆的概念，一來二去，都是熟客。正想到這理念，倒是和陳董經營「黃金愛河」，有異曲同工之妙時，有一對好看的男女仕，年紀真的不輕了，他們正優雅的進門。女仕穿著簡單的牛仔褲和粉紅色毛衣，銀白的齊肩髮，氣質出眾；男仕穿著淡藍色的襯衫，沒有紮身，露在淡綠的西褲外，乾乾淨淨的，身上還飄著一股淡淡沐浴後的香氣。

　　鍵盤手唱得讓人很有共鳴，能夠臺上臺下一同開口哼唱，被一曲一曲地叫「安可」，小費不斷的往小費箱裡丟。雖在不同的國度，不一樣的膚色，不一樣的語言，我在臺下，和他們一同搖擺，融會其中。如果沒有這些表演者，這些花甲、古稀之年的人，去哪找個又舒適又安全的地方放鬆消遣？

　　使命、喜歡、需要與被需要。串聯內心深層的文字與旋律，隨境而走，引人入勝！

貳、人格拼圖

歌星夢

　　十多年前，一個陽光普照的日子，我們互不相識，卻同時被一則表演招募廣告吸引，來到真愛碼頭，接受一場面試。那時我是剛剛踏進婚禮場的菜鳥，但達特比我還菜，只是純粹愛唱歌。

　　會唱歌的人，最喜歡競合關係，一面彼此較勁，一面又覺得少了對方，就唱不出勢均力敵的組合。我不像他，一向有王者之尊，極可能是他的醫師專業臺階太高，習慣被仰望著。當他知道我已經在表演界中慢慢耕耘，會時不時地到我的場子來客串，即使他的醫美事業愈做愈龐大。

　　他每一次來串場，都穿得比我還紅豔，頭髮「set豆」得比我還亮眼，只為了上臺唱兩首，過個掌聲癮。他挺機車的，俗稱追求完美。別看他只是上臺唱個兩、三首！他在家起碼都把這兩、三首練過上百遍，而且時不時地喚我去陪他練。既然是來串場，我有時也就不報備給新人主家知道，反正身為團長的我願意自負成敗責任，就沒有多收費用，自然，也不計算鐘點費給達特。要認真數錢，他是我一零一的頂樓天花板啊！他應該多多感謝我，給他自己一個為了出場而治裝的藉口！哈哈！

　　我很高興在這幾年內，看著他的診所從三間變成一間；一個轉折，又從一間變成好幾間，他的發跡故事，我常津津樂道。當然，他私底下還有從小到大的故事，篇篇都比《玫瑰瞳

鈴眼》以及《戲說臺灣》來得更曲折離奇。我看著他的發展，驚呼命運是完全不可思議的。

這個瘋子，除了賺錢，半夜會在家裡大聲唱歌，還好他住得高，又沒有鄰居；但最大的因素，是因為他唱得不錯！要是邊上都住著人，怕是全棟樓都會亮起唱采聲。

疫情這三年，我的工作幾乎是八成停擺，只有社大的課程能在網路上繼續撐著走。歌唱班的成員基本上歲數都偏大，要學習使用google meet或其它可以唱歌的網路平臺，是有點吃力的，所以網路課程出席率便不高，對身為老師的我，有小小的打擊。達特不同，他的生意腦子轉得快，縱使診所裡的病患數銳減，他也能有其它收入拱住他的國王生活。於是，志同道合的兩個閒人，開了幾次歌唱直播，還拍過宣傳照，煞有其事的取了個團名，叫「以歌蕙友」，讓人可以一聽歌聲，即能聯想臺語歌后及華人歌神的組合。

明明我們是一王一后，卻常常一山不容二虎一般。我說他哪裡唱得不好，他聽不下；他唸我不積極，把生活過得太平凡。在專業交叉著喜好當中，一向沒有共識，在平淡低調和富豪高調的生活論點上也不合拍。但我們搞不清是狠心還是硬骨頭的性格相似，是說轉身就能轉身的朋友。還好去年十二月的轉身，不是一輩子。

很多人問過我，沒有成為一位知名的歌星是不是我的遺

貳、人格拼圖

憾？其實，我也問過自己。對於一件做起來明明很快樂的事，卻搞得很複雜，是最不划算的事；努力衝往大紅大紫的路上，我極大可能會有違心之舉，而折損平安。雖然達特幾次約我去參加海選，雖然我真的有好幾次機會站上螢光幕，但我習慣了以愛為名而潛水，幾噸的炮竹都炸不醒我。他去年開始規劃圓這個夢，並且告訴我，反正我時間也不多了，任性一回吧！

　　達特今日的成功，很大部分來自他積極果斷的個性，所以我也在他的催生之下，寫了首合唱的歌詞，並且即將擔綱與他合唱。按照他出片及宣傳計劃，大概在六月才能問世。

　　唱片工程比出版書籍來得浩大，我先鋪個紅地毯，敲好鑼，打響鼓，大家搬好凳子，準備被洗腦吧！

西出陽關無故人

　　當時走入那個告別式禮堂，看到她的照片高懸。底下排列一片白、黃顏色相間的菊花盆，在她低垂的視角下，應該像是一條花徑，由東向西，從地上緩緩增高至一張祭桌的高度。耳邊有二胡的哀樂，弓弦拉得嗚咽，宛若咳不上來的一口氣，割喉一般，扯得我下顎一陣陣的酸緊，止不住哭泣。兩個星期前的那些愁悶不安，在我和她四目相接時，都化成了潰堤的淚水。結束了！一切都過去了！

　　二十六年前，我和她兒子結了婚；婚後一年，我生了大兒子；第二年，我又生了小兒子。母親的愛是永不枯竭的江河大海；不像我，常常把眼界放大在細瑣的生活細節，在得不到慰藉時，拼命地找尋著無法再愛下去的證據，幾次逃家卻逃不掉契約上的責任，只好長期躲藏在「百憂解」的藥力裡。明明我們是統一視線，齊力要建構幸福家庭氛圍，愛著我們身邊最親密的人，她的兒子，以及，我的兒子。卻在這種，傳統以來最難解、最矛盾的婆媳關係裡，始終沒有磨合出最好的模式。

　　這個小禮堂裡，排滿了椅子，迎接著待會兒會來送她最後一程的親朋好友。她的兒女和孫兒這會兒都還在其它地方忙著，只有在訃文上不具名的我，帶著孩子姍姍來遲。我滿臉的淚，止不住抽咽，不斷的想著那些年和她相處的場景，並且試著和她的靈魂對話。我靜靜的坐著，慢慢的從心裡說著，終於是這一天，不再是她單向指使我。

如果您記得，我沒有頂過嘴。如果您記得，我一向都依照著您的是非規矩在處理事情。如果您記得，您常常進出醫院，是我大著肚子，或是把孩子託給娘家父母，接送您以及住院陪病⋯⋯很多我記得的事，卻是一手帶大我的娘家媽媽都沒有享受過的福利。我和您一樣觀念傳統，也依循我媽媽的囑咐，要溫良恭儉讓。

　　我愈哭愈大聲，像個失去娘的孩子。我的兩個兒子離我三步之遙，也不知道如何安慰我。從美國回來奔喪的夫家二姐，從身後拍拍我的肩。我一回頭，一把抱住了她，開始嚎啕大哭。模糊的淚光當中，我看著她的兒孫都回到大廳來了，離婚了五年，五年不見，把他們全看懵了。

　　我嫁到夫家時，公公已不在，她年近七十歲，長年的僵直性脊椎炎總是在天氣變化時折磨著她，她能做的事情已然也不多了：偶爾上上菜市場去和街坊聊天，買點我不曾買，因為不知道她能不能消化的古早粿或麻糬，搭配上她的一份早報及一份晚報；身體慢慢老化的器官一項一項都體現在生活當中：電視機音量愈開愈大聲，我光是人在樓上或樓下，都能清楚聽到分析師在剖析股市和主流；她看電視要坐的硬凳，一寸一寸的向前挪，最後已經直接貼在電視鏡前。她很怕熱，總是坐在冷

氣機下，一天還要洗好幾次澡，但她沒讓我洗過她任何一件衣服。

這樣的體質，最怕跌倒。有一回，她在家裡跌了，正好側躺在她專屬的硬凳旁。我一急，忙著要抱起她。在腎上腺素分泌時的我，要抱起不到一百五十分公分的她，絕對綽綽有餘。看著她的淚光，我知道那一定很痛，但她徐徐地對我說，「妳不要使力拉我，只要維持著撐住的力量，讓我慢慢扶著妳起來就好。」我當自己是一根帶有硬把的柱子，看著她撐起自己的身子，一頭的汗，感覺時間過了好久好久。

這一跌，不止是身體的痛，在她心裡，她讓我看到她不想讓我看到的脆弱。一直也很獨立的我，明白人總有扯不下的臉皮。

從最緊密生活的同住關係，一直到現在的沒有任何關係，我不曾咒罵，也沒有任何一天盼著她死。即使在同住七年過後，因為太大的精神磨擦，我不顧任何人的反對，執意要帶著孩子到高雄市區來就學生活，那種精神壓迫沒有一天放過我。

我抱著二姐一直哭著，卻瞥見吳家的大哥、大嫂和大姐與我不相干的眼神。我那個不擅人事、不懂眼色的前夫，拿著黑袍在旁邊等著幫我著裝。

兩週前，前夫賴訃文給我，叫我去送婆婆。按古禮說，「紙頭沒姓，紙尾沒名」，我沒道埋去。為了這事，我問了很多身邊人。

姐姐說，「妳做的已經夠多了，不要那麼委屈好不好？他家的事不再是妳的事。」

懂世俗的朋友說，「想去就去，不想去就不用去。不用想太多。」

　　媽媽說，「人都死了，還有什麼過不去？告別式一向是做給活人看的。妳可以不在意，但別人用什麼眼光看妳兒子？」

　　我掙扎了很久。食不知味，夜不成寐。那兩週來，我身上總是籠罩著濃濃的菸味，困在一個巨大的陰霾窟窿。

　　前夫很細心的幫我套頭長黑袍，然後釦上胸前的三個中國鈕結。分開這麼多年來，他對我的軟硬兼施、威懾恫嚇，也必須在這最後一場莊嚴的儀式裡，放下身段。

　　被引到孝媳答禮的那個位置前，舉步唯艱。我跨出的每一大步，可能被視為勇敢承擔，或者不具其名、卻忝不知恥的上位，殊不知，我早在一年多前，早就往後退了幾十幾百步。

　　她獨立，不習慣外勞，偏偏兒女都沒有服侍左右。外勞一定能做事，但必定貼不了心。

　　我帶著孩子移居高雄後，只有假日才偶爾回鄉下。我不愛回去，心裡總知道會被當空氣一樣。有一年，她開臏骨住院。前夫偕我去成大醫院看她。

　　雖是母子關係，但受日式教育的她，總有一層脫不掉的禮數和矜持。她一直推說她可以自己如廁，但還是半推半就的讓我陪進洗手間。

　　我說，「媽，妳站好就好。我幫妳脫。」

　　她兩隻手扶著馬桶兩邊安全無障礙的不鏽鋼弓字桿，站在馬桶前，嘴上還一直說不用，她要自己來。我已經蹲下身，盡量不碰到她衣服下的身體，拉下她穿脫式的紙尿褲，讓她及膝

的連衣裙，紋風不動的維護她最後的尊嚴。

　　我是想來？還是我認爲我該來？

　　哀樂一奏，禮儀師開始沉下嗓音，用最親和鄉土的臺灣調，一個音連著一個音的唸著，「親愛的媽媽，百般無奈，愛送您離開囉……」我的眼眶又酸了……

　　我媽媽說得對，人都死了，還有什麼過不去的？既然都會過去，爲什麼要等到死了，才來做一廂情願、無聲的和解？

　　其實，我沒等。外勞終於還是被她趕走了。人到老時，只有親人最好。

　　我聽兒子說，她去住了大伯家了，和大嫂處得不好，才三個月，自己又負氣回去鄉下。詳細情形只有當事人知道，旁人不容置喙，如同只有我能書寫這篇文。後來，她胃出血了，被送到醫院後，眼下也只剩他小兒子，我的前夫可以傍身。

　　我又聽說，她的大女兒多少會從臺北回來看照她，一起住在我搬出來的那個房子。來來回回的，總是沒有一個人能放下一切，長伴她的身邊。於是前夫給了我訊息，一方面也想照顧我不穩定的收入。他想按看護工的價位花錢請求我，回到那個最熟悉的環境，照顧最熟悉的她。

　　我一向處事俐落，就不知道爲什麼他們總是能夠掐著我的喉嚨，卽使我已經和他切了姻緣，還要百般掙扎。

　　我不是需要那筆錢，而是，我知道，我懂她要的。然而，事情果然如同我的想像。我忐忑了很久，最後同意回去看看再說，但她，又進醫院了。

　　這就是我們隔著肚皮的關係，明瞭需要互相依存，卻常常

貳、人格拼圖

有意碰撞。倘若是我的親媽，大哭一聲或大鬧一場，再怎麼碎裂的鏡子都能重圓。而這道鴻溝是門不當、戶不對的成見，寧死都不願意推倒的城牆。

最後聽說，她倒下了，氣切了，躺在海總醫院裡，不能自主的被灌食維持著生命。她那麼得體、那麼強勢的人，也得長著褥瘡，神情麻木的等候著有空才能來探視她的親人。

我問兒子，「你們叫她時，阿嬤有反應嗎？」

兒子說，「手腳都沒有動，有時睜開眼睛，有時閉著，應該是知道，但無法反應吧。」

人的最後，只能剩下靈堂的照片，和一罈火化的骨灰嗎？

公祭過後，要蓋棺了。道士帶著我們在棺木旁繞圈，瞻仰她最後的遺容。妝化得很好，兩個腮幫子鼓鼓的笑著，彷彿她不曾瘦過，也不曾痛過。她依舊是那個用盡一生的力氣，會笑著逗著孩子玩的母親和阿嬤；會鼓勵孩子快吃、盡量吃、吃完再去買，深怕孩子餓著的慈母及好阿嬤。

我和她沒有生身關係，也沒有養育關係。近幾年來，有很多網路毒雞湯對現代年輕女性的聲言這樣寫：成長的過程，沒吃過夫家一粒米，也沒被公婆把屎把尿，為何要付諸下半生給一個陌生家庭？

我曾經對等有形體的事物思考這件事，她站在我對面，有時是鏡子，有時是敵人。有時我們會做出同樣的動作，有時又感到對方的態度很不合自己的心意而不可饒恕。

是鏡子？還是敵人？鏡子裡的敵人，是誰？

最後，我載著兒子陪伴著她的最後一路，去火化、安置靈

骨塔，我等在老家的樓底下，候著兒子辦好神主牌安座，再接他們回家。按古禮，我出了那道門，真的不能再進去了。

　　我告訴她，我不知道再用什麼稱謂喚她，但我很高興，她不痛了，脫離了疾病的桎梏，靈魂自由了。她的圓滿功德看起來不算是發揮在我身上，但我卻因為這番周折，和自己的卑微達成和解。

致319，我的青春們

錯過了去接續高超的學歷，我帶著高分落榜單及小說，甩開了聯考那場美麗的誤會，開心的去了三信高商，編制第十九班國貿班，一年級是119，二年級是219，畢業時是319。

我在敲這篇文時，剛從臺北回來。

319畢業的美人兒們，因為工作關係，或者結婚隨夫，分散在臺灣各地。我連同窗三年最要好的同學都已經失聯將近三十年，所以我壓根沒機會去關注到任何一個人。有人進度趕得快，容顏依舊，卻已經當了阿嬤；同學的小孩平均年齡都在二十歲出頭，有人的孩子居然現在才讀小學三年級。有人學習得孜孜不倦，在大學裡擔任副教授；有人嫁夫隨夫，已周遊了多個國家……總之，重逢以後接收到的每個消息，都讓人挺驚訝的。

當時，我是很開心去就讀了三信。喜歡那套藍色背心裙和白色膨膨袖，喜歡校園的禮貌大隊，還喜歡這是一個全是女生的環境，但我很不喜歡校外「三信婆」這個叫名。就算「婆」這個字代表漂亮，我也不喜歡。所以逢人問我學歷，我只會說我是空大畢業，不愛提三信。可是，我明明就那麼喜歡那段青春的日子！

在我們的年代裡，多數人以為，不愛唸書的才會淪落到去唸私立職校，到這兒可能是學歷的終點站了。沒錯！我本來就是打算去放空的！但校方也知道，既然是終點站，就該累積點

實力將來去職場和人競爭。從小到大的這場學習競賽裡，每一個人都是長跑者，有人半途退賽，有人拉長進階。我的如意算盤打錯了。三信這三年，既然要飆往終點，全體老師根本是卯足全力、帶領著同學們做最後一圈的衝刺。

　　我不衝可以嗎？眼看著身邊的同學和國三那班資優班一樣，考完試後就會趕快翻書對答案？妳們不是不愛唸書才來唸這裡的嗎？同學們刷起算盤撥得嗒嗒響，大姆指和食指的關節隨時都像針了車油，很有彈性的劈腿一樣，第一學期就把畢業三級的門檻跨過去了；百來張的紙鈔短短幾秒就攤成一圈蒲扇，四十秒的標準檢定時間內還能覆算兩到三遍。

　　學校的各種檢定搞得我很頭大，妳們也搞得我好緊張！緊張到，我沒時間和妳們很熟！

　　2015年，七年前的秋天，我在住家信箱裡收到了一張A4的字條。一個我不很熟，卻和我住在同一個社區，拉魯灣社團第二期的學姐宛玲，在文字中告知我，我的高中同學蔡寶慧在找我，還留下了電話要我回撥。當時的我，已經疲於應付近三十年來累積的各種人際是非，如今又要面對將近三十年沒見面，而又不很熟的同學？於是，那張字條放在我的床頭大概三週。

　　說我是真的和妳們不熟？當我生病的消息不脛而走，玉芬從北部捎來了親手包的素餃；玫妃和群範、寶慧是宣傳「前書」儼然比誠品更有銷售動力的行動書商；JoJo做了一堆麵包和優格來給我。來來往往的訊息，比我們同窗三年說的話更多。

貳、人格拼圖

我是個流浪的人，朋友是一輪一輪來的。換了學校就換一輪，換了工作就換一輪，搬了家會換一輪，換了男友也會換一輪。而我，總是在搬家，總是在換工作，總是在換男友，總是貪圖近水樓臺的方便。

　　三信畢業後，我在私人企業的辦公室靜態工作做不到兩年，就選擇了自由的業務工作。認識我的人都知道我交友廣闊，大江南北，三教九流，五行八作，造就如今的俠女個性，走哪裡去都能立刻與人把酒言歡，話語熟絡得像失散多年的手足一般。一個紅塵醉客，經常微薰在歡聲笑語裡，游走地有意無意。這種自白聽起來很無情、很得罪人，但個性養成的一路上，我也被掏掉了很多的眞情眞意。

　　眞情實意的朋友在進入社會後很難找了。那天偕同一起去臺北的高鐵上，一向很單純的銀子也這樣說。

　　唸高中時，我還是有和坐在我周遭的幾個同學很交好，除了七年前重逢的賴子和惠紋，其它的，目前都是失聯狀態。

　　我們是被一堆技能檢定壓著頭的人，每天要在學校待上11-12個小時左右，能晃晃頭、鬆鬆肩時，從夕陽餘暉當中緩緩駛來的11路公車的號碼燈，比月光還撫慰人心。哪有什麼閒餘時間去結交座位一圈之外的同學？

　　我最熟識哈麗，參與了她生命最完整的洗禮。她坐在我後面，手長腳長、皮膚黃黃的、瘦瘦的卻不扁，妥妥的一個個性少女，說起家裡那個同父異母的姐姐會沉下陰陰的臉；說起鄰近她家附近英俊挺拔的陸官學生們，她又似含苞待放的花。我們當年只會按兩個和弦，就一起混水摸魚地拿著吉他去參加校

內民歌比賽，被內行的觀賽者給罵慘了；她約我去面試拉魯灣的康輔團，結果無心插柳的我多了一圈外圍的朋友；她雖沒此機緣，但她還是鄰近著陸軍官校，當著貂蟬。畢業後一年，我參加了她的婚禮，收禮臺也都是咱們319的同學。她樂在洶湧的激情之中，但終究也在那懵懂之中醒來。我抱過她的女兒孟霏，也見識了她的逃脫。我們維持斷斷續續的連絡，和忙著各自的生活。23歲那年，我去臺中出差時借宿過她的租所，短短五年時間，她依舊青春，但開始能講出一些超齡的話；明明坐在我眼前，卻覺得距離好遠。在那個通訊狀況不夠好的社會環境下，她輾轉換了幾個城市，兩個活得像吉普賽的女人就失聯了。

　　我曾在懷孕時問過另一半，想要男孩？還是女孩？他答，「男孩好。」我問，「為什麼？」他說，「是女孩的話，我們只能照顧她半輩子；她的下半輩子過得好不好？要看她有什麼運氣，遇上什麼樣的男人。」

　　這席話，拿來對照，當時覺得無庸置疑。年過半百，對於這句「過得好不好？」見仁見智。如果至今的五十多歲之後，你會後悔很多沒去做的事，多過做過的事，就會羨慕我和哈麗這類人。因為不知道靠山在哪裡，所以我們總是不怕頭破血流地在測試自己的能耐！

　　但也不是所有的女人都飄搖。七年前重逢後，我才知道，穩定的女性還是占多數。可以一份工作從19歲做到現在？與初戀男友成為結髮夫妻？我有沒有曾經也如此希望，過安安穩穩的生活？我有！只是，下好離手後，兩造之間有人反悔。那個

人，也多半是我：老闆給的薪不夠，我覺得自己值得更多；交往的對方心猿意馬，我會撒手就走。我明明不夠聰明，又不想傻得執著。

剛把失散多年的319群組建立起來的那幾天，每個人的情緒高潮迭起。有些從照片認不出人，有些認出了照片叫不出名字，有些叫得出名字的卻換了新名字，居然我的新名字還能和吳佳宸撞名字！腦子裡要重拾和翻篇的那種心情和點菜一樣，什麼都好熟悉，又像第一次嘗鮮。

我眼速快，可以每天消化上百個留言，但寶慧沒辦法。她一看，群組有百個留言，不敢點進去！因為要看完需要時間，不一句一句看，又深怕錯過什麼！

三十年了，錯過的都錯過了，說要淡，也該淡了！看到同學進來了，又走了，卻覺得難過……我已經好久好久都不容易受打擊了！

人來人往，是天底下最自然的事！親人是！手足是！夫妻是！同學同事亦如是！揮揮衣袖之事，本是淡如輕風，何來哀愁的蝴蝶效應？我早知孤單是人的本命，才會窮極一生追求著愛與擁抱。

這份早就來到，來不及經營的愛，必須快快分時提領！於是我們相約，一起走萬步，一起泡裸湯，一起肆無忌憚的高歌，開起我們不同經驗的黃色笑話……

這份遲來的愛，帶著錯過細節的斷層，要趕緊把差額補上。於是我趁著FB的連結，無時差地欣賞她們的生活：

賴子回顧著她一家四口多年前去了北海道，老公錄著影，

她小小的身材和兩個上小學的孩子，躺在雪地裡劃動著四肢，儼然像三個孩子，明明身上裹得像顆大球一般，口裡直喊著，「我的臉都快凍僵了」，看在我眼裡，和風煦煦，開著春花。

看到鈺玲在開直播賣手工乾燥花，我忍不住了！這麼好的手工活兒，怎麼可以沒有我去吆喝呢！直到現在，她換了幾份糊口的工作，我還是很心疼，她沒能堅持這份好手藝。

歷劫歸來的我，確實是比較不一樣的。我變得不再單純，而妳們卻喜歡聽我說妳們陌生的江湖話，搞得我好像得一直乘風破浪，妳們只要隨後跟著精神錯亂就好。聽說三十年前的我悶得像只葫蘆，可為什麼妳們拿出來的那些戶外活動照片，明明我和賴子就是站在圈圈之中帶活動的領頭羊啊！

肯定有什麼誤會，是吧！一直到「前書」的新書分享會那天，連老師的引言都這樣描述我：「小曼是一個功課不太好，但有時又好；有時會和人攪和在一起大鬧大笑，有時又悶不作聲的自閉。」好吧！既然有老師作證，我也不好反駁了。

以前妳們叫我雅惠，現在叫我小曼，除了八字不能換，人生幾經翻轉。重逢的妳們，有人以為我能幹，卻不知道我從來不斤斤計較；經過社會歷練後，別人都是膽怯地要求去尾數，我是直接讓人抹掉頭；這幾年，我總是一個人吃年夜飯，卻有人羨慕我的獨立和自由。

人吶！總是有一頭，沒一頭。習慣掙扎就好啦！

我一直學不會的那個呀，和我的骨氣老是相衝突。

FB上的淑惠老是小鳥依人偎在她老公身邊拍照，好像永遠都在談著戀愛一樣。寶慧一家人統一穿著喜氣洋洋的紅衣裳

錄下拜年的短片，家庭凝聚力時時是圓滿得很膨脹。阿琦隨著她優秀的老公，進入美術的顛峰世界。千玲每次出現在聚會，他老公總是隨侍在右。銀子那天跟我說，她老公待她像捧在手心的東西一樣，怕她摔、怕她碰撞。說這些話時，她的眼裡閃閃發亮。

　　如果「歸屬」是女人最重要的功課，那我，真的沒學好。當然，不完全是對象的錯，只是我一直錯看了愛情的樣子。

　　我以為，愛是合者來，不合者散，那麼簡單。

　　新書分享會那天，老師問我，我這麼機動的人生路上，風景是不是特別不一樣？那天寒流，我的節奏很亂，答了什麼，已經忘了。但現在回想起這個問題，總之，「半身風雨半身傷，半句別恨半心涼。」

　　再過幾天，2022年就要跨2023年了。

　　JoJo跟我說，「妳家頂樓應該看得到煙火吧？要不要我來陪妳跨年？」

　　我說：「妳又不是男生？」

　　她說：「哈哈，陪妳看煙火跨年一定要男生嗎？」

　　我說：「躺在男人的胸懷看煙火才浪漫啊！」

　　她哈哈哈地說，她至今未婚，叫我不要教壞她，她老爸夜半會來找我算帳。

　　所謂的「女強人」，是面面俱到，賺大錢，開大車，人見人立正的那種，我根本就不算。我只是不喜歡和爛泥，不喜歡被嫌棄。到頭來，我形單影隻，是因為男人沒有存在感？和我生日才差三天的淑芬和嘉梅，妳們也是嗎？

此趟規劃319臺北、宜蘭之旅，我可以跟有投資意願的金主打包票，這四個北部同學：淑芬、嘉梅、賴子、惠紋，絕對有能力掌管一家旅遊公司。而陪同我從高雄搭高鐵上臺北的銀子，絕對是比小曼更俠義的隱藏版女俠。

　　旅程的最後一站，淑芬才跟我破題，這是一趟祈福之旅。我眼眶一熱，是啊！我居然病得沒有發現……

　　11/26早上，銀子來接我。按理說，火車站在我家大門口，我習慣獨身前往，搭區間車接駁，但她家老公，得專程送賢妻，讓我沾光。到桃園時，賴子老公不捨愛妻在臺北車站下車還得轉捷運，在桃園便接了我們，先到臺北嘉梅家卸下行李，再送我們去貓空與惠紋會合。

　　貓空的空氣好新鮮，下著綿綿細雨，體感溫度比氣溫還低，負離子直接滲到皮膚裡，真的連貓兒都避寒去了，但我們每個人都笑得熱血。午餐在山上的　個茶食棧，掛在半山腰，邊吃飯，還能邊看得到滿谷的林木，再寬闊，也不敵我們跨了三十年的依舊真心。我忘那家店叫啥名字，明明人來人往，生意好到不行，但她們卻說，踩到雷了，位於哪區的哪一家更好吃，嘟著嘴皮翻白眼地說，下次不要再來了。我很開懷，也跟著笑，這些愛計較的女人真可愛，都五十幾了，還像一群少女。

　　飯後，我們臨谷棧道慢慢散步，前往了樟湖步道。邊走邊拍照，妳們明明都還漂亮著，還吵著要開美肌美顏。在這山川大地的精華氣息裡，能走能跳的健康美和開懷無憂的笑容，絕對勝過任何一款修顏APP；環湖步道上的那些假水牛和造景，

永遠美不過環繞著山邊的雲霧彩帶，藉著陽光的隱現，或淡粉，或淡灰，或淡藍，千變萬化，連彩筆也描繪不出，我們各自發光的人生。

趁著天黑前下山後，已然成為臺北人的嘉梅，帶我們回到市區搜集各個大地標應景的聖誕樹：101、微風廣場、信義特區、貴婦百貨……明明今天只是個暖身場，我們已經走了一萬三千多步。我和銀子已經開始邁不開腳了，她和賴子還跑在我們前頭不斷的擺Pose拍照，到底誰才是南部來觀光客啊？不過好險，我沒有錯過「幾米的月亮公車」。當我看到公車裡那個鏡面天花板，把幾米的每一幅月亮畫作，往上無限延伸，變成好多好多好數不清的月亮，感覺自己可以在那裡許下很多很多數不清的願望。

回住所前，我說，要吃蛋糕，Happy Ending。

嘉梅說，「不是要睡了嗎？回去吃水果就好。」仙女的仙氣，絕對是自律來的。

銀子立刻跳出來說，「她要吃就讓她吃啦。」

這趟操作，身心飽足，累累地，真是最好的助眠劑。

隔天，淑芬領著重頭戲來了！七人座豪華保姆車，我們各自擁有一張天后座椅；輕快的歌聲帶我們上高速公路，穿過雪隧，就像高一那年的戶外教學。目的地不同，人數也少了，但氣氛是飽滿的，連宜蘭這種長年多雨的城市，也出了兩天大太陽。

第一站是禪風的北后寺，沒有金碧輝煌，不著鮮豔色彩，幽幽靜靜的，像極了樸實從容的宜蘭。菩薩立在鯉魚池後，一

直七分闔目地笑著，看我們在各個角落合影，庇佑著我們這群勤快又爲生命盡心的女人，獎勵我們還能重溫舊夢。

其間的這兩天，豔陽高照，藍天藍海，白雲和我們的身影，以各種姿態，遊戲其中，色彩出落得分明。每一張照片，彷彿沒有冬景，不需要防備，肢體和心靈是完全的舒展。就連泡湯的那個晚上，大家在脫光光這件事，好像家常便飯。哈哈！

在選擇旅店這事兒，全數通過又踩雷了吼！主要是浴池太小，無法全數貴妃入浴。然後本人又發了高燒，不得不把十二月的生日趴，挪到隔日早晨；那瓶歷經辛苦才開成的紅酒，最後送給了我嫌他不帥的司機導遊。

委託旅行社規劃的旅程，聽說已經是削減了一半的過站，但我確實得承認自己的體力不如以往。每天都走一萬多步，半夜都是枕邊人銀子在摸我額頭，深怕我有什麼閃失。

一邊吞藥一邊走行程，來到了最後一站，居然是我一直想做，卻一輩子沒做過的事！隨時可以文思泉湧的我，拿起筆來，腦子卻一片空白。然後我就看著她們，一個接一個，把毛筆當彩筆一樣，沒幾下忙活兒就在天燈上，寫滿了給319的祝福。

我們聽從指令，六個人把已經在底部點了火的天燈低低的拉住，感受著它慢慢的膨脹，再順由熱氣燃燒的浮力往上送。當所有期許都隨一只彩色的信差通往天界時，銀子忽然大喊了一聲：「小曼加油！」然後所有人跟著喊「加油加油！」時，賴子跑來一把抱住了我，問我開不開心？我的嘴角和眼皮已經

抖動到不行了，淚水啪啪地落。回想到我們前一日的起點，北后寺的某株盆栽裡有這樣一塊木牌，寫著：「福從做中得歡喜」，也是這樣的因緣吧！妳們歡喜地笑著，我被感動得哭著，我們被福氣包圍著。

除了寫在天燈上的字，妳們的心底還許下了什麼願？隔天早上在7-11的生日蠟燭吹熄前，除了我的兩位壽星，放在心裡不能說的那兩個願望，是不是也一併寄給了上天？妳們可能不知道，多年以後的我，有時為了現場效果要說誇張一點的話；妳們也可能不知道，那些誇張的話，其實是心裡某個被無限放大的自嘲。我一直還說，期待一場六十歲的黃昏婚禮呢！說真的，我若真的需要個男人，他該做的就是妳們做的這些事。可是妳們做完了，哈哈哈！

妳們都配備終身貼身保鑣，真的是接送與聊天無微不至，可謂一人當選319同學，雙人服務的高CP值。我既不羨慕也不嫉妒，因為我也開心地沐浴在妳們的幸福裡。

「萬里歸來顏愈少」嗎？下一次，我們可以不要再像第一次的重逢同學會，急著濃縮五分鐘，報告三十年來，獨自苦撐的人生歷程。辛苦都過去了！挫折也懂得釋懷了！修煉了對缺陷的看法，回歸最簡單的自在。我會對著全班都熟悉的面孔，興奮地開場一句：「很高興認識大家，在三十年之後。」

彼時此刻

我很久不回頭看了。這次回頭，看到了妳們，猶是少女，我的青春們。

貳、人格拼圖

一切歸零

假設生命的起點，從零開始。

經營了很多過程，至終結那天，應該收獲的是最大整合數字。但是從我自己身上，以及別人口中的經驗，我們多半已經路過那個最大數。

曾經在出遊溪頭與杉林溪，吸收山川天地靈之時，我問我自己，自己在追求什麼？

財富？是的！

愛情？是的！

健康？是的！

我因為缺了，所以追求！

但是，我又想了想，我曾經有過什麼？

財富？是的！

愛情？是的！

健康？是的！

我是需要？還是想要？

在養著身體的時候，好友幫我找來了整套電視連結網路設備；他知道，除了工作忙，我生活得像原始人一樣，我不看電視，家裡也沒有第四臺。架設好這些東西後，還推薦了很多好劇讓我養病不無聊。

不得不說，久久沒接觸的東西，才會驚覺它的美妙。我看了一些，也不多，題材新穎的才會讓我有動力。其中有一部韓劇「遺物整理師」，讓我很有同感地動容。

故事有點推理燒腦，但是男主角會照著劇本、替戲迷一步一步釐清案件過程，通常追劇的人只要懸著心、往下一集點擊就好。但是此刻的我，正好處在斷捨離的階段，我也在思考，我有什麼物件，值得被收在那個遺交給後人的盒子裡？

我每回從醫院回來，就開始丟東西，從私人物件開始。其實有很多事是本來就該計劃三年做一次。譬如：衣櫃裡的衣服，三年都沒穿上一次的，應該就是不喜歡或穿不了，該丟！還有，抽屜裡的一大堆飾品，想送朋友，怕朋友觸物傷情；要丟，它又還新穎。還有，我有十來件上臺的禮服，也不算舊，每件都替我打了十幾二十場的功績，實在是撤不下手。還有……還有……還有……

我明知道，我捨不下的，自然會有那麼一天，主人不在，誰也顧不及它曾經存在過什麼意義。而且上述物品，確實不適合裝進那個小盒子，串連一生的線索。

慶幸的是，當東西愈來愈少時，被埋在深處的會現身。

我有一個資料夾，裡面有我從小拿到的獎狀和所有證書。我不是好學生，但證書可是一一到齊的：珠算檢定證書從三級到四段；中打和英打、電子計算機檢定、國際貿易實務檢定、會計技能檢定；柔道從六級到升段的合格證書；國小、國中、高中、大學及在職修業的畢業結業證書。

我不是個好學生，但我也很多出色的學習成果及獎狀：柔

道錦標賽的第一名就有好幾張；當然還有很多很多作文比賽：新詩、小說、散文，各種不同的名次。取笑自己不是好學生，我居然還有中山大學推廣教育研習班的全勤獎！

　　EXCEL確實是好用太多了，可能現代人已經不知道算盤是什麼東西了吧；英文打字機是和電腦鍵盤差不多的，只是它不會因為手速快慢不均、導致印字桿卡死在紙張和機器的半路上；那個容納了幾千個字的中打字盤，哪個字該在哪個橫豎坐標的第幾個位置，現在也都被倉頡和注音便利取代。也許後人會笑笑說，上一代學的技能，有什麼用？早晚會被淘汰！那些獎狀有什麼用？最後我並沒有摔柔道摔出奧運金牌，碰到色狼襲擊還是會害怕！各種文類比賽好像都有點小成績，而且累積最多，但我還是從頭就捨棄了這條路，只因為身邊人都告訴我，選了它只能等著餓死！即使，我現在也沒能力把自己飽到撐死！

　　對啊！我們一直都被文明的進步在逐步取代當中！不只是我，誰不是呢？我出入醫院多回，大醫院的醫生口袋揣著聽診器，他們也不聽診了；牙齒壞了，醫師一定建議你植牙，因為製作假牙套這種又便宜又客製化，但手續精緻繁瑣的功夫活兒，也被三、四佰萬的3D機器取代了。學得那麼辛苦幹嘛？

　　其實，在那個求學時期，教師群也沒有預知能力告訴我們，未來的有一天，會出現更新穎的科技；而我們為了持續與世界接軌，就會努力地跟著學習，如何從瞭解dos使用到PowerPoint；消除那個中打字盤的記憶來學習如何拆字打倉頡、拼注音，增快與人溝通的速度。

彼時此刻

人生的不容易，剛好被這些證書和獎狀所道述，努力過的不只是呈現於這些泛黃的硬、薄紙張，更多的是隱藏在骨子裡的底氣。曾經為了檢定而練習的技能，現在心裡的數字帳都能算得比任何人快；絞盡腦汁的情節，卻被退件退稿的受挫，也是生活經驗之中的養分；被摔傷的筋骨痛楚和滿身的薄荷膏藥味，都是平凡無奇的日常。

　　錯了，重來！

　　輸了，再來！

　　我沒有逗留任何時間去質疑和懊悔。這麼多年過去，我依舊在這裡，全心全意，用最好、最積極的態度面對每件事的挑戰，和必然的失敗，以及，偶遇的成功。

　　人生的最大數如果是以實質數字呈現，我所追求的，我所擁有的，我能找到的，我終究會失去的，大概是個負數。

　　我曾經以為這個負數會對不起誰，但我沒有辜負一輩子的日月光輝，化成了可以勇敢，也可以溫柔的力量。

美國行

旅人

從舊金山出境後，見到妹妹的第一句話，我問她，三十年前，第一次踏上美國國土，有沒有任何害怕？她說，沒有！只有興奮。我想，我們都是魔羯座，真的如出一轍。

首先，1/10一日的折騰，高鐵到桃園，拉著兩卡大皮箱，等候三個小時掛行李和登機的時間，腦子會暫時失去方向。我只知道游移在一個安全的空間裡，也知道目的地在哪裡，卻不知這多餘的時間當中，會有什麼際遇。而它正是，被遺漏、或被期待的意外時刻。

我總是個等著但不閒著的人，自然上天也有成就我的美意。豔遇的本身不見得是個異性，無所期盼，就會出現極好的狀況。

同班機有三百多人，同在一個候機室裡乘客，全進了我眼簾：各種膚色、各種語言、各種不同年齡階層、各種人的關係組合、東西方與混血的美麗交織。在這個臨近中國春節的時段，八成的他們是攜家帶眷、國度之間遷徙、或者單身赴任的飛人，趕著回到某處和家人團聚，少數是像我這樣蜻蜓點水的旅人。我沒有辦法確認我的觀察是不是賓果，但後來和我臨座的YaYa姐聊起天，自然印證了我的論點十之八九無誤。

YaYa姐自年輕時就到美國來求學，認識了也從小隨父母旅美的老公，熟悉加上定居這塊自由土地已有三十多年了。英文

極好的她，雖然還是會來不及翻出中文地溜口而出，畢竟人不親土親，我們雖初次相識，但都是來自臺灣的人，心和語言都沒太大隔閡。不愛聊天的我，耐不住旅行的興奮，不斷地嘗試在小位置上喬出一個適當的坐姿，這趟飛行有十一個小時吶。和我隔著走道，有一對老夫妻，年紀起碼上了七十歲的東方飛人，一上機就調頻為太空模式，快速地進入深度睡眠。半夜十二點起飛的國際線，機艙內的燈都暗下來了，只有我一個人還張著大眼睛，同時看著自己的、和前方好幾臺或隔好幾個位置的小螢幕，閃爍著不同的劇情，即將錯亂白天黑夜的轉換。

　　YaYa姐時而和我熱絡地搭腔，時而無聲地陷入淺眠。聊天的內容很隨興，但免不了還是介紹了身分、工作和旅遊目的，感覺是輕鬆地經過一場海關人員的詢問一樣。她回臺探望老母親已歷時三個月，因為老公在美國的癌症療程在即，無法陪著媽媽過完農曆年。諸多人生細節彷彿都是影印件一樣，人和人總有某一線索促使我們相遇及言談，a5、b3、c7、d2每塊區域編號的拼圖，也都會呈現有點類同的色塊或線條，拼湊出每種話題的連結。差只差在我無法當面唱首我拿手的臺語歌給她聽，一解她長年在國外很少回味的臺灣調。

　　我是生平第一次不在臺灣和家人過年，她是分了遠程的兩頭家庭。縱使如今的通訊網路發達了面對面的視訊，但在那之前，有沒有遺憾過，只能聽其聲而不見其人的思鄉之情？身在哪一處，便要掛念另一處！要想它是一種兩邊為難，便會抹煞同時擁有的幸福。

　　細想起來，我也認識不少空中飛人，最遠的應該是來往巴

西的陳大哥他們夫婦，一趟航機與轉程需要五十個小時。陳大哥說，他們年輕時，逃離政治與經濟環境不安的臺灣，寧賭一把絕處逢生，奔赴遠程去打拼，這一跑，竟也三十年過去，印證了天道酬勤。

　　他總是說，年輕時腦子裡想的都是要怎麼發財和穩定基業，縱然他的身材高大，小小的經濟艙都無法困住他想要通往發達的心；當版圖一張一張的擴大，已然七十多歲的他，就算是平躺在商務艙裡的舒適，也已經累得想留在家鄉。然而，多處留跡生根，四海之內皆有仗義的兄弟，在每一個值得相聚的日子，總是互遞頻頻的呼喚。

　　我和YaYa姐在等待行李處，一個深深的擁抱和彼此的祝福當中，交換了通聯方式，期待下一次，可期或不預期的約定。

　　旅人和飛人的邂逅，總是在空中來往著。我是縈著根移不開腳步的戀鄉人，卻欣羨著飛人能海闊天空、自由自在的調頻。不容易著眠的我，黑著眼圈聽到她說，最後會選擇在美國終老，心裡想著正在地上等著我的妹妹，答案應該是一樣的。

　　「此心安處是吾鄉」。哪裡都好！

彼時此刻

American dream

　　為什麼我得來一趟美國？因為妹妹回臺灣探我時，建議我在人生的最後，不要老是想著工作，一定得有張願望清單，做些有意義的事，譬如，來一趟美國。

　　今年的氣候似乎特別糟，不知道是不是連老天也試圖阻止我？電視新聞接連著報導美國東北持續的大風雪，讓所有人都為我懸著心之餘，還硬是找出衣櫃裡最厚、最暖的那件雪衣，和最禦寒的毛帽、手套等貼身物件，充實了我兩件大皮箱。

　　妹妹Angela和美國妹夫Karl比我提早一天便先從居處的亞特蘭大到了舊金山，安排了所有該銜接的工作：租房、租車、訂機票，以及自助旅遊的規劃。

　　旅遊使人勇敢！尤其是在這麼大一塊舉目無親的土地。我想起了我二十四歲時外派去了中國大陸，但我眼見的還是黃皮膚、講著普通話的中國人；而她二十一歲時自己到這兒來求學，舉目都是個頭高大的金髮碧眼，說著番邦的話的人，居然一點不害怕。雖然講起來，勇闖天涯的年紀差不多，但她永遠是小我四歲的妹妹。

　　他們領著我，在舊金山留了四天，在拉斯維加斯逛了四天，最後才回到亞特蘭大的迪凱特。為什麼我用「留」和「逛」這兩個字眼？因為天公伯仔知道我來要廢，乾脆下了好幾天雨。不過，打定心意要來看下雪的我，要說比起美國東北的大風雪，不知道該感到幸福？還是覺得心有失落？

　　來過的人都說，美國真好玩！什麼都有！

　　厲害了！美國真的什麼都有！

我看到一樣的KFC，一樣的Costco，一樣的McDonald，確實是什麼都有啊！我是來找和臺灣一樣的「有」？還是和臺灣不一樣的「有」？我的年紀比不上劉姥姥，但大千世界總是見識過一二的。這兩位地主導遊不斷地質疑，爲什麼來到這塊大家都嚮往的自由土地，卻感受不到我的興奮？我也只想不作聲響地，將它寫在這，畢竟這個美國夢不是我的。

　　和臺灣不一樣的「有」，是在西洋影片當中、而我這一路隨處可見的「家」。在每一個國度、每一個城市都會呈現著不同的樣貌，但追求核心價值的幸福圓滿絕對一致。經過Angela的說明方知道，所謂的American dream，就是我目不轉睛、稱羨著，擁有前庭和後院的房子。我想起那首可愛的兒歌：「我家門前有小河，後面有山坡，山坡上面野花多，野花紅似火……」

　　臺灣土地小，無法實踐兒歌裡的風景，將大自然盡攬胸懷，在城市裡，房子的容積率總是往天上長的。美國可不同呀！它足夠大得可以實現房屋自由。除了建商蓋整批的公寓社區，大部分自地自建的每一個房子，都呈現著不同的風格。從舊金山、拉斯維加斯，到亞特蘭大妹妹的住所，像觀摩房屋大賞一樣！童話裡斜面的屋頂、棋盤式的木條窗、前庭大樹下的鞦韆、後院可以自由種植的小農生活……這不是單純的一個家庭結構，而是需要一家人分工合作、共同建造細節的家園腹地。

　　我來到她的家園，止不住的喜歡！妹妹說，前院是Karl在負責，她則打理後院，所以我在臺灣每回和她通電話時，總

是伴隨著「刷」「刷」的掃地聲。時節正冬，枯黃的松針落滿地，還有碩大的松球果，覆住了所有綠色的小草。我說，「我和鄭老師學插花時，都是這種球果噴上金漆！這園子裡滿是值錢的東西！」Angela笑笑說，「妳要揀嗎？」

夢想是這樣的！築夢的過程，比成真之時更為享受。我看著很多搭建了前廊的廊上，有吊籃椅、或海灘邊的躺椅，眼見這個American dream已不只是張圖面，卻鮮少看到有人無事的攤在那悠閒。

Angela說，「拜託！那麼冷！有時又太熱！有時又蚊子多。」是啊！每株大樹之下，滿地都是蕭索而落的黃葉，已成一大張軟綿綿的地毯了。

沒看到我興奮，他們感覺沒有盡盡地主之誼，於是Karl開著車，帶我去看更大房子！

其實有塊前院後院加上專屬車庫，在寸土寸金的臺灣，已經叫做別墅了，更別提那些大房子區，光是車子駛在車道上，與前院距離後的大門，根本就是隨時會走出來一位公主或王子一樣。紅磚砌的、藍白相間的加勒比海風、粉紅夢幻公主型、大小各色石頭堆砌起來的巫婆款……很多很多大大小小的三角形落層漸次，就是個大家族的範兒，不是有錢就足以形容了。大房子區圍繞的中間，還有個高爾夫球場，聽說是十八洞俱足，不只是個練習場。我想起小時候圖畫課時畫房子，總要在房子上方，畫上一個三角形的屋頂。旁邊種一棵樹，樹上結著纍纍的蘋果。為什麼只畫一個屋頂、一棵樹呢？是我太小家子氣嗎？連夢都不敢做大的？而且我現在也不愛吃蘋果！

貳、人格拼圖

Angela的家雖不大，但五臟俱足。大門進客廳後分兩道，右道通往三個房間，左道穿越客廳直行則有個小客廳，若右拐便到廚房，廚房通後門。後門一開，後院全景盡收眼底。木條層板露臺，有四坪大，露臺上有休閒式桌椅，和許多大大小小的盆栽，可以想見，當時他夫妻也曾想過在這個夢想完成之際，兩個人好好坐在這泡茶、聊天，或是烤烤肉。露臺下接了石階，往下走幾階就是一大片可以自由發揮的土地。原留的那十二棵參天的松樹外，鋪了條石徑，通往他們搭的一個工具小屋；園子裡，稀疏地種了幾株需要說明的植物，因為冬天的這時，脫了葉，只有主人認識它們。

　　Karl在他手機裡找些照片秀給我看，當時這個後院像森林一樣，如今整理到剩下十二棵大樹；原來沒這露臺和石階與往下走的大石頭平臺，這些都是他們慢慢地計劃，然後設計，找人建設起來的。說著說著，他的眼裡有很大的驕傲，果真實現了American dream！

　　只有美國人才有這個夢想嗎？我身邊有很多人，他們攢了錢就到鄉下去買塊地，想著先為退休鋪路，蓋個房子，種些農作物，取名開心農場，收穫什麼吃什麼。還沒等退休呢！現在便已每週或隔週就要去自己的小屋渡個假，澆個花樹，收個成，或者邀請三五好友一同去沐浴大自然，去唱唱歌。

　　這回來到美國，天氣很冷，白天溫度大概只有5-15度間，我很喜歡在出太陽時到Angela的後院去閉目靜坐，也幫她掃掃地。長葉松有五、六樓那麼高，抬頭看光禿禿的粗細枝縫裡，有無盡的藍天白雲，四聲道圍繞著各種不停叫聲的鳥囀，通知

彼時此刻

不怕人的松鼠下來覓食；還有小鳥會飛下來，圍繞在Angela用鐵線圍起來：削下來的果皮、蔬菜蒂堆起來的有機肥裡挑食。我總是深深地呼吸著清新的空氣，在我生了病，不得不慢下來的時刻，享受著無所事事的自由。其實，American dream不只是美國人的！它是每一個人的夢想！夢想的不只是一塊大土地，有前庭後院的家，會不會是脫離所有競爭和是非之後的輕鬆感，享受天倫之樂，以及自己前半生努力經營的回報？

從小就斷奶的我，實在不耐太多奶製品及生冷食物，所以他倆帶我去中國餐廳吃中餐，解解鄉愁，那天剛好是農曆大年初一。

我問：「今天是大年初一，會不會中國餐廳不開？」

Angela答：「不會！中國人來這裡就是要賺錢的。」

我若有所知的說：「哦，對吼！妳也是來賺錢的。」

Angela又答：「No，我不是來賺錢的！我是來學習的！」

她已經遠離求學年代十多年，但我知道她原本唸營養師，後來又進階到PA（醫師助理Physician Assistant，簡稱PA），並不是一開始的規劃。動態性的學習，讓她沒有留在原地，並且一直持續到現在。這才是她的American dream，孜孜不倦地，逐一實現配合時宜、更新的夢想，就好像面對著四季的輪轉，永遠也打理不盡的後院。

眼見臺灣有的，美國的終究還是大！人高大，車子大，土地大，天空也大。難怪，Angela的夢想也愈養愈大。

在舊金山時，我們站在Muir Woods外圍頂峰的至高點，

放眼望去，視野是一個球型下彎的弧度，四方景色盡收眼底，我只要站穩穩地，地球只不過是個腳下的一顆球，幻想年輕時的李奧納多，站在鐵達尼號上，張開雙臂地大喊：「I'm queen of the world」，都是理所當然的！沒辦法！在什麼都大的美國，連口氣都大了！

姐妹

我在Angela家的廚房為他們做藍帶豬排，因為手工繁瑣，要先醃肉去腥，然後一盤麵粉、一盤蛋黃、一盤麵包粉，分層裹好再下鍋炸，所以她得在我邊上幫忙。

她說：「我的手藝已經是中國菜的天花板了，沒想到妳還麼『搞剛』（費工），比我還厲害！」

我說：「妳確實是天花板啊！因為妳身邊沒有太多中國人！」

當然，我來到這裡，一定也做了我的「拿手第一菜」：魯肉，看著他們吃得津津有味，吹噓地說，我的這一鍋魯肉，走遍世界各地都能結交一堆朋友！

我在做著菜時，總是想著十二年前，爸媽來過美國，他倆老兒在廚房做飯的樣子。Angela來到美國三十年，因為求學及工作、嫁人，轉了四個州，當年媽媽為她做飯時站的那個位置並不是我現在所處的這個房子，但對她的心疼是一樣。

我也想起了，去年我輾轉出入醫院化療時，姐姐總是每天幫我帶自製的便當。她在藥廠擔任業務經理，大大小小的

公事多得像貓毛，回家還得做飯。我好幾次跟她說，「別幫我送了，又要做又要送，我隨便吃吃就好，UberEATS那麼方便！」但她還是很堅持，說自己做的營養健康又乾淨，而且她一家子也得吃飯，多做也只是多一份，哪有什麼費工！

　　這就是我們家的女人！她們不擔心妳的前途遠大不遠大，志向有沒有伸展，就怕妳餓著肚子！

　　我一向不覺得吃飯重要，總是趕著路、趕著工作，隨便扒幾口就上工。幾年來，除了有朋友同學找我吃飯時，我會好好坐著吃飯。但多半進行中的飯桌上，大家都還慢慢在聊天嚼食，我已經吃飽飯、擦過嘴地等著離開。

　　Angela問，「妳為什麼吃飯要吃那麼快？」我說，「大概是……，因為習慣了，也改不過來了。」

　　我看著她，總是慢慢地，慢慢的洗菜、切菜、烹茶、養活酵母，不像我，專職帶過兩個兒子，加上有一個嚴厲的婆婆同住多年，每餐飯吃得和做得，都跟打仗一樣。

　　她的日子不打仗嗎？她說，打過！只是打得不一樣！

　　她剛從嘉南藥專畢業時，我已出社會多年，加上我們家有兩處住所，各自忙著在不同地方出入。我只知道她一直在補英文、考托福，後來就說，申請好了，打包了行李就要去密西西比州唸書。

　　我爸常說，不懂得好好唸書的孩子就是傻！讀書才有好出路！不像他老夫妻倆個要那麼辛苦打拼！

我姐姐是用功的！妹妹也是用功的！一家子總要出一個傻子！不然，世界怎麼會公平！我是那個拿來做平均數的人！

三姐妹同出一對父母，其實命運很不同。小時候，我常常是姐姐的拖油瓶，姐姐去哪，我都要跟；她穿什麼，我也都學；我初期練眉飛色舞的字，也是學她的。長大後，她會抱怨我這些像背後靈一樣的事，而我卻告訴她，「我一直都是揀妳舊衣服穿的人，而妳卻像是小丸子的姐姐，自掃門前雪。」結果，我觀察了很多「家裡排行的老大」，他們真的都和我姐姐一個樣，天性使然。

妹妹的更不一樣。我們從小長大的傳統市場對面，有一座榮民之家。舊建築了，只有三個樓面，但有七、八棟那麼寬，收容很多跟著老蔣公來臺的退役老兵。他們一路跟著打仗過來，所有親人都留在大陸，隔著三民主義和共產主義那條鴻溝，得給自己找點活兒幹打發日子，等待哪天可以光復神州，拿著戰士授田證回家再團聚，享受天倫之樂。

父母初識黎伯伯時，他身體尚好，黑黝得發亮，目光炯炯有神，總是穿著白色無袖的吊嘎仔，頸上掛著擦汗的毛巾，推著小攤在賣臭豆腐，他走過的巷道，總是飄著油炸香氣和一股臺灣人才懂的臭味。什麼因緣際會我也不清楚，他認了還很小的妹妹做了乾女兒，然後她就天天有養樂多可以喝。

Angela在舊金山機場接我回AirB&B時，第一件事，是從冰箱裡拿出養樂多給我，她說：「我知道妳從小就羨慕我有養樂多可以喝。」

她的仗打得早！光是讀書這一關，對我來說，就不只是過

五關斬六將那麼簡單。我除了國文科略拔頭籌，其它的學科根本趴地不起。但是，只要考過托福，就眞的能完全融入美國人的文化、與他們競爭、最後成爲他們其中的一員嗎？生活如果只靠語言陳述就能活，也許她會忿忿不平地爲自己曾經的戰役跳腳的。

其實我們也沾了Angela的福氣，享受了黎伯帶給我們的幸福。他後來漸老，推不動攤子了，就去戲院看車。那時期很多摩拖車族，甚至還有很多人是騎著腳踏車去戲院看電影的。他長時間都在三多戲院和喜相逢，他也都知道哪一檔戲在哪個時段人潮比較少，就會領我們從後門溜進去，找後面沒賣出的座位去看影片。

爸媽做的生意，需要存貨與變現，黎伯是現金流；爸媽在忙時，是黎伯在幫忙做飯。我從來不敢想會出國唸書這件事，但黎伯已經幫妹妹預備好了。

時局不同，要喝一瓶養樂多有什麼難？我怨的是我爲什麼長得不可愛！

所幸，Angela是感恩、念舊的。雖然妹妹出了國後，礙於正當她的綠卡身分審核工續，也錯過了黎伯的葬禮，但她的房裡，正擺著大概五、六歲的她與年輕時的他，放大成A3大的照片，正對著她床頭。

她搬出所有的相本，以及貼在她冰箱上的相片，記錄的是我們一家人從小到大的記憶，還有她初來乍到美國時，自己在這兒，和我們從臺灣捎來的照片。而這些東西，我幾經搬家，已然脫序我的生活之外。

我走得太快了！和吃飯一樣！有時甚至忘了呼吸。還好，我腦子好使，總還能記得一些事。要比烹飪，我看我們家的女人是各有天花板，誰也不讓著誰了！但比起其它手藝，我姐姐絕對一馬當先！剪紙、畫畫、打皮雕，這種細活兒除了審美，更需要的就是沉靜與耐心，可是她明明說話、做事步調都很快。這些我都模仿她做過，大概幾天，上了手，我就轉向了。在更早，小學時我們流行玩小砂包，一組五個，就是拿一個主要的丟，然後丟一撿一，再丟一撿二，再丟一撿三；然後丟一撿二，再丟一撿三……小時候的童玩工具有限，只能在玩法上想出新變化。當時有一關，是要把五個小砂包疊好，擺在手掌心中，輕輕往上拋，然後轉手用手背接住，再往上拋，再轉手、或蓋手撈住全部砂包才算成功。

　　外面買的砂包小，是車工車的，裡頭是細砂，所以平整好看，像扁扁的方形小枕頭一樣，要過這個最難的關卡，才會比較順利。可是我們知道父母賺錢辛苦，總是不捨得花錢，於是媽媽拿些碎布幫我們做砂包。我媽用針線縫，下針在砂包中心點；雜貨店裡有的是紅豆綠豆，順手捉來當內餡，一顆顆長得大小不一致的豆子包，比小籠包還大，不但不容易推疊，更別提這個轉手的關卡能過。但我姐姐總是能夠拿捏好力道，本來疊在手掌心的豆子包，轉兩下子手，又回到手掌心，然後抬起下巴，「哼」地一聲，宣示著她的大姐地位實在堅不可摧！

　　現在可以輪到我「哼」一聲，我不是腦子不好，只是不愛唸書而已。

　　Karl是音樂系的碩士，任何吉他都能彈出好樂曲，唱得

能讓我誇獎，歌聲絕對優美至極，也從事表演。說我和他是同行，有點沾他的光。經他夫妻倆商量，爲我安排了很多音樂性節目，從舊金山、拉斯維加斯，到回來亞特蘭大。

我這種活跳跳的個性，已然看過、甚至參與過很多Live band的演出，而昨天中午，我們在Emory School的Emerson修道院聽了我畢生第一場奏鳴曲演奏會，取代了傳統新春常聽的「咚得隆咚鏘」，爲2023年開啟了新年新希望的序幕。

修道院挑了比三樓更高的演奏廳，順著圓頂邊下環，開著一圈小小的方格窗，灑著溫暖的陽光。來聽曲的多半是白著頭的紳仕女仕，在我進場前，也看到幾輛小巴士載運些老人家過來。

我坐在能容六百人、一樓倒數第二排的後方盡覽全場，正聽著小提琴像吹著口哨一樣，演奏著Ungarische Fantasie,Op.45（1897），頂上正有一光束直直打在前區一位白髮穿白衣的老翁身上，閃閃發亮。我以爲，小天使降臨了，它也像美女一樣，聽到口哨聲會佇足回頭的。轉過頭看著臨座的Angela，天使也正在我身邊，陶醉在美妙的樂音當中！

她說，有時候她會心感抱歉，拋了家人隻身來了美國。我說，「有什麼好抱歉？沒有妳的見識，我們也寬廣不起來啊」！

在前一個章節，我寫了句：「這個美國夢不是我的」，但我卻在這趟美國行當中，回味了該有的

這一切，並且看著，從出生就陪伴在我身邊、這兩個會比我慢點老去的小老太婆，優雅且從容地，細細地，品味美好的人生，和姐妹情深的回憶。

大中之大

回臺之後，所有的朋友都問我，美國好不好玩？Angela叮嚀說，書裡記得要寫：「才一個月，妳去了五個州哦！」

對呀！我去了加州（舊金山）、內華達州（拉斯維加斯）、亞歷桑納州（胡佛水壩）、喬治亞州（亞特蘭大）、田納西州，藍天白雲，天大地大，去了哪，都只是走馬看花。我一向沒有收集癖好，只喜歡大自然和人類而已，而這兩類，最千變萬化，都是收不進兜裡的東西。

曾經有一個無奈的笑話這樣說：

老婆抱怨老公說：「結婚這麼多年，你從來都沒有帶我出國去玩？」於是，老公丟了一本旅遊總覽給她，並且告訴她，Discovery地理頻道都有。

到了晚餐，老公看著空空如也的餐桌問老婆：「今晚吃什麼？」

老婆丟了一本食譜給他，並且告訴他，想吃什麼食譜裡都有。

在去年開始療程之後，我便不愛看手機，特別是從美國回來之後，更是如此。螢幕不管大或小，畫面美麗與否，看到的都是別人的感動，和自己有何干係？世界之大，在我眼裡有不

同的意義。

　　十多年前Angela帶著新婚老公Karl回臺，把我們都嚇了
一跳。他人高馬大，在臺灣根本可以號稱「巨人」。去了美國
後，我才知道，在他的民族裡，二百多公分的他只是個M號，
更遑論本在我家是XL的Angela，充其量只是XS。很多人問
我，一向桃花旺旺的我，有沒有任何豔遇？很遺憾，我的個頭
沒有突出他們的視線水平之上，但深深讚歎，Angela選對了她
的人生方向。

　　臺灣女人很辛苦，老是斤斤計較身上何時多長了一塊肉？
我明明因為麵包和各種乳酪胖得像十五的月亮，在她們之間，
還算是身量纖纖。苗條的東方女人總是胸背直挺，自傲著好看
的穿衣架子，在美麗的花叢中競豔，周旋在各種社交圈；倒不
像她們，一個個頭是我的兩倍或三倍大，在我感受天寒地凍的
氣溫下，穿著露背裝，坦露著閃耀光澤的各色肌膚。她們的自
信，不建立在磅秤之上。

　　在舊金山的一晚，我們三個人要去小酌聽歌的路上，路邊
正好有位女孩蹲坐在地上，而她的父親在車上。車子的右後輪
爆了胎，旁的散落了各式的工具和千斤頂，以及，已經被拆解
下來的五個輪胎螺絲。

　　Karl主動去詢問，才知她已經拋錨了三個小時，自己動了
手，卻不濟事，等待救援的時間也已歷時一個多小時。天氣很
冷，街上的商店都打烊了，路燈昏暗暗地，除了我們三人幫著
打亮手機的手電筒，與她一同研究那些很少使用的工具之外，
後來又有兩位路過的美國男仕來幫忙，他們看起來就真的是能

手！

　　如果這事兒發生在臺灣，一通電話救援便到，頂多等上半小時，就足以讓花錢的大爺破口大罵了。我想，在這個天大地大的大土地上，沒有一點本事，怎麼活得下來？我在機場，看著那些高大壯碩的女人，背著大小件的行李，還孤身帶著幾個娃兒，其實是同理可證的。他們累積而來的勇敢，是因為國界線長，飛機一飛，由西向東，由南到北；油門一踩，一州跨過一州，自然要學著去克服各種奔赴目的地的阻礙因素。他們的眼睛要看太多的危機和轉機，實在是，沒有時間和精力去計較一斤一兩的小事。

　　習以為常的移動，需要主觀自立的本質，所以他們不需要奴性的教育方式，該往東，或往西，該承擔的除了路程上的不可逆，還有自我負責的成功與失敗；除了祈求上帝，多數人也沒有被全方位的通融與庇護，總是帶著欣喜的冒險精神，去挑戰未知，去接受考驗。

　　舟車勞頓的移動，需要很大的體力，所以，我所看到停下來的人們，除非是捧著筆電在繼續工作著，否則，就得閉目養神，或補充能量，只有少數五歲以下的孩童，而且多半是華人，在滑動著手機玩遊戲，打發無法自處的時間。我們會一直握著手機，是因為真的忙？還是空虛？

　　每一個城市，各有特色，唯獨雲朵不會呈現在同一個位置，或同一種樣子；其它的文明，沒什麼兩樣，它們是一直被更新的唯物產物，觀物者的興奮，是好心情所致。我們一直自詡，「人是臺灣最美的景色」，在美國何嘗不是？他們非常

地有禮貌，慢慢地走路，慢慢地說話，慢慢地排隊，在從容之中，不會有太多不經思考的焦躁與征服，於是，沒有狂按的喇叭，也沒看到爆發衝突的交通事故和口角。

　　我以爲這些彪形人類會讓我有陌生壓力，也以爲不夠熟練的英說能力會讓我舉步唯艱，但他們的笑和祥和的步調，就像是一路上換了便服的聖誕老人們，讓我大開了心視界。

　　我確信沒有把感受整理得淋漓盡致，畢竟這是我正在內化的進階，和一本旅遊導覽絕不相同。

參、輕小說

　　早年提筆時，寫的是新詩，感覺寓意深遠。投稿了之後，字數計價，字多錢多，於是轉發展為小說。寫了小說之後，為了錢卻忍不住的鬼打牆，老是枝節橫生，校稿時必得刪刪減減，2000字大概只有500字有效。

　　現今身為主持及老師，反而是人生的巧妙，說話和用字都自如許多！多說，是為了更鉅細靡遺的溝通；少語，則因鍛鍊理解及整理的能力。不急著說，是線索不夠，得多聽；忍住不說，是不願給人難堪。

　　從500字到80000字是延展的碎嘴，但要碎之有物；從80000字回到500字，是精萃的經驗和關係，回到相視而笑，一目而瞭。

　　500字，其實在我心裡只有5個字。

　　80000字，已經跑馬了2000000字的鋪陳！

女孩

不要說我是變態。我坐在落地窗前的室內，習慣的只能盯著對面那座樓。

身後，女兒在她臥室裡，一如既往的傳來慌忙的碰撞聲，已經是早晨七點五十五分。她得打八點半的卡，我為她做的那份烤吐司，已經沒有溫度。

女兒曼君是個上班族，可以二十年如一日服務在同一個單位，應該是遺傳了她媽媽的個性；雖然常常是滿腔抱怨，但依然能從一而終，這也是傳統相親擇偶的從優條件。

那年我三十五歲，正是事業小有成績、身形指標維持在最好的狀態。父母親安排了場相親，說是對方乖巧，半年我就和曼君的媽媽結了婚。所以今日，這個亡妻的復刻版，還能穩定地陪著我的垂暮之年。

沒一會兒，旋轉門把的彈跳聲和她的叨絮相偕而來。

「爸～你怎麼又沒叫我一聲！不是說好要是七點半沒看我出房門，你就得敲門敲到我醒嗎？」窗外的陽光大約在九點才會爬上八樓陽臺。在遮蔭底下，我很清楚的在玻璃上看到她的倒影。

那是千篇一律的藍色背心套裝，白色襯衫會因換季而長短袖不同之外，和她的生活一樣，會有幾天的平整清香，大多數時候和皮膚一樣，累積歲月的皺摺。

「我又得先給小薇打電話了～」她斜背著長肩帶褐色皮

包，急忙的操作著手機，然後急急的求救，「小薇小薇，今天肯定又要遲到了，我爸……唉！～拜託拜託，救急救急打個卡……」求救求到一半，她人正在餐桌邊，把吐司大口的往嘴裡送，後面那幾個求救的字，混雜著嚼爛的麵糊，要不是熟悉的指令，壓根是沒人能聽清楚的。

「爸～你要是真的能早早叫醒我，我不但不需要每天早上和打仗一樣，還能陪你吃吃早餐說說話的，是吧？媽在的時候，我真的是超級輕鬆的……」這時候的她，從鞋櫃裡拿出那雙鞋尖磨白了的黑色平底包鞋，鞋圍已不大能服貼她的腳盤，她扭了兩下踝就套進去了，說：「是不是男人都這樣子？只管自己管不上別人！」然後，開了門，轉頭嘟囔了一句，「我不是在怨你哦。我知道生病不是件好玩的事。」然後「碰！」的一聲，關門，室內回到她不在場的平靜。

是不是男人都是這樣子？只管自己管不上別人？

男人堆裡，沒有這種問句。如果問問對面七樓那女孩，可能有答案。今早七點半，她的陽臺沒有半點動靜。

我直覺那是一對好看的男女！因為棟距近，所以將近有兩年半的時間，他們成了我的風景。但是棟距又不太近，我無法仔細看到長相和五官，只能感受肢體上的情緒。

我直覺，女孩獨居，因為男人不常出現。

從我這角度往下看，她的陽臺是個璀璨的舞臺：有一片小花園，種著幾盆長不高的綠色植栽；每當中午過後，陽光照在那綠葉上時，會像打碎一地的鏡面一樣，錯落又井然有序似地閃著光，有風在吹晃時，猶如一堆螢火蟲群聚在那跳舞。入門

的大柱子上，有好幾列咖啡色的木條，不按秩序的掛著幾枚綠色的小植物。整個陽臺，沒有女生喜歡的嫣紅姹紫，反而像個隱士一樣清幽盎然。掛木的對面，是她的鞋櫃。櫃子側面正好面對著我的視角，有兩個素色掛環，常年掛著兩把花摺傘。陽臺建築以整棟大樓樓面外觀來說是一定的標配，但她的，除了欄杆之外，感覺一切都不一樣。幽暗的落地窗是整面舞臺的背景，出場拉簾是折疊式的網紗門，「刷！」的一聲，有登場的提示音，就算我和她隔了一條八米的馬路，加上一列五樓透天厝的寬距，也能清晰於耳。

　　舞臺上上演的戲，通常應該要纏綿悱惻的令看戲人如同附體，全身酥麻；或者腥風血雨的互毆互撕，卽便是殘忍至極，還努力睜大眼睛等待最後的勝負。但我日日看著的這個舞臺，多半是女主的獨角戲，皮影戲一樣的流動線條，悄來悄往，若有似無。更別提偶爾出場的男主角，皮鞋成了拖鞋，牛仔褲換成了運動短褲，打扮愈來愈輕鬆，戲分愈來愈少。

　　也許，她和曼君的歲數是差不多的，也許不是，但天天會出門，忙碌感是差不多的。我常常期待她像某一次一樣，帶本書，坐在陽臺靜靜的翻閱；就像我也期待，曼君能不能像她所說，早點起床，陪我吃吃早餐說說話。我得承認，我的腦內連結慢慢跟著手腳不受控制呈現失速，總是來不及提取過去的記憶來交疊，她們的身影就已經從我眼前消失。

年輕真好。年輕能存在各種面向，各自華麗表述。

　　曼君今年四十，樣子也很四十。中腹是個食物的倉儲，運送分流愈來愈緩慢，經常性的滯留在集散地，導致櫥櫃裡總存貨著好幾盒酵素。結婚前她和我們同住時就這個樣子，五年前離婚回到這兒來時，還是這個樣子。結婚那時，她的媽媽不斷的耳提面命對她說，家裡不比婆家，要勤快、要體貼、要懂得察言觀色。曼君只回了她媽媽：「媽～愛是包容，他愛我，要娶我，就得愛我真實的樣子！」我不常加入她們的話題，但總得扛下所有的舉例。「那妳得好好請教妳爸爸，男人娶老婆是幹什麼用的？」曼君媽媽回她這話時，邊在收拾著飯後的餐桌，瞟了我一眼，接著說：「男人只管自己管不上別人」。

　　雖然乍聽之下恍然錯愕，但我並不感到冤枉。當年，曼君媽媽的父母親中意我事業順利、知所進退；我父母則圖她性情溫良，能乖巧顧家；我是她的第一任兼最後一任，但我是弱水三千，隨著感覺，能換一瓢是一瓢，再美味總是抵不過新鮮。所以，當時她母女倆認真的操辦曼君的婚事之際，我只負責說，「好」！「很好」！「非常好」！

　　對面的女孩不同，她曾經出現過，潛藏在我從初戀至今的記憶中。形象雖略有不同，但春風拂臉的氣息依然能渲染方圓十里。她身材勻稱，經常穿著兩截貼身的運動衣，紮著頭包或馬尾，近過身去也許都聞不到食物過夜的味道。外出前，她會在陽臺逗留挺久：看看植物，澆澆水，偶爾抬頭看一下天空；打開鞋櫃，定一下格，然後坐在鞋櫃前的矮凳，慢條斯理的試換兩雙鞋。這樣的女性，無論配上什麼樣的對象，都是個加分

題。所以男人愛來不來，要來不來，似乎不太重要。

曼君媽媽當時講的這句：「男人只管自己管不上別人」，其實在每個場次的情緒表達是不同的，甚至這句話可以延伸加字。只是曼君不知道。

她曾經在耳鬢廝磨時問我：「你為什麼娶我？」

我答：「就喜歡啊！」

她又問：「什麼樣的喜歡？沒有愛嗎？」

她問倒我了。我當下不懂得怎麼答，乾脆撲倒她。以我來說，實際行動才能堵住女人不依不撓的追問。然後她就會半嬌半嗔半求饒的說：「都這樣。只管自己不說也管不上別人想知道。」

還有幾次，她有重大場合得盛裝出席時，在穿衣鏡前久久挑不出一件合宜的衣服，就會來問我意見。

「老公，你看，這件好？還是這件好？」她左手拎著一架，右手提著一架，在身前比劃著款式或者顏色不同的服裝。

「都差不多啊！」我答。

接下來，她不開心了：「你總是只管自己管不上別人！」然後那個晚上，她去喜宴，我吃泡麵。

後來我學聰明了，每逢這種場景，我會拿出點本事。

當她問我，「哪一件好看？」我會說：「妳穿什麼都好看！」當她睨著我看時，我知道，加十分。

當她又問我，「哪一件好看？」我再改：「光看不準，妳一件一件穿，我慢慢看。」加三十分。

當她再問我，「哪一件好看？」她已連換好幾件，確實

我的選擇性也較高了，最好的那件，我會叫她：「來！左轉一圈，右轉一圈，嗯！好看！真好看！」

她會嬌羞的像個少女一樣，轉得裙花飄飄，然後說：「唉唷，都幾歲了，人老珠黃了，哪有你說的那麼好看？你只管自己欣賞管不上別人會不會喜歡！這裙子不會太短嗎？你知道我腿粗……」

效果如何？標配一定是四菜一湯，只會加菜，儘管只有我一個人在家吃飯。她愈忙，愈滿足；不管是不是她自己願意忙？還是我指揮她忙。

曼君對她媽媽這句口頭禪有斷章取義的誤解，無非來自於她不解風情的前夫，以及，她的亡母無法大方的演繹屬於自己的閨房之樂。那種樂趣，只有當事人能品味得來，就像當時我們要給新來乍到的女娃娃娶名字一樣，她媽媽說：「公平起見哦，我們一人給她一個字，不准只管自己管不上別人。」那時，她躺在產科的病床上，抱著我們的獨生女，笑容都溢出她的臉蛋了。

「我一直很喜歡『曼』字！曼妙生姿、輕歌曼舞、曼聲而歌。才藝滿滿，很惹人憐愛的女生，你看好不好？」我猜，她把自己的遺憾全託負在女兒身上了。我趁勢接著說，「好！這麼美妙的女孩，那我接個『君』字，無君不愛。讓她人見人愛，花見花開！」

亡妻忘了，姓名聲韻的丁點力量左右不了強大的基因遺傳。曼君既不愛唱歌也不愛跳舞，但她願意學的東西都能頗快上手，雖然不多，雖然總換，雖然她總推託說工作忙，但算得

參、輕小說

上十八般武藝，樣樣都沾點。她不算人見人愛，但有屬於自己的好人緣。而我為她落下的「君」字，是刻意留下的紀念，在現實上成為一種反諷的揶揄。

很多人問過我，包括亡妻，當年的我，條件不錯，為何三十五歲才結婚？問的人太多，他們也沒有太大的交集，對質不出統一說法。因為對他們來說不重要，對我來說，似乎也不首要。

哪一年我遇上了「小君」？我忘了。大概是兩年一次吧！我忘不了她！忘不了看到她時的悸動！忘不了第一次約會時，我會換上一身新衣，修個新髮型！忘不了她的生日，要花點大錢砸個震撼彈，讓她身邊的每個人都羨慕她！我要讓她知道，遇上我，她是世上最幸福的女孩！

她吸引了我，是因為她的各種形象獨一無二。我享受了她，當然要為她加分。她愈快樂，我愈努力；她愈開心，我滿足點愈高。然後，等到邊際效應衝到頂點，猶如夜空中一瞬爆破的燦爛煙花！在那個煙花下，她泛著淚光告訴我，她幸福得快要死掉！

現在已經是早上九點了。對面陽臺亮晃晃的冷清著。無風無雨無人影，綠葉依舊綠著，惟幕後依舊暗著，更遑論哪會有燦爛煙花。兩年多了，對面的男主角出現的頻率愈發少，也差不多隨時可以換角了。對面的小君，妳感應了嗎？

小君，初識的男人總是很細緻的！他會不經意的捧著花，出現在街角；或者，明明在電話裡道過晚安，卻兩分鐘後拎著宵夜出現在妳的門口；他說他沒空讓妳隨傳隨到，但總是突如

彼時此刻

其來出現在妳左右；他可以陪妳一夜灑脫，可以大哭，可以大笑。每一次美好的約會之後，就更神經質的期待著每一個路口。他所帶來的驚奇如影隨形，錯覺了「天長地久」只是時間的表象，而「曾經擁有」才是愛情最美的樣子。最後，那些不規律的驚心動魄，讓彼此已經不甘平淡，便也無法平凡地吃飯、睡覺，廝守一生了。

曼君的追求者不多，因為她很穩定，很像她媽媽，從來A點到B點，是固定路線。要追這樣的女孩不難，就像當年我追她媽媽一樣，只要是堵在某個路口幾回，製造一些驚喜，半年就能娶妻安家。也許曼君的前夫，和我同款手段。在她戀愛期的那不到一年當中，我只見她確實常常臉上掛著笑；要接手機甜言蜜語時會鎖在房間裡很久；要出門約會前會上點淡妝。一週大概約會兩到三次，晚上十一點左右會回家，因為她說隔天還要上班，比仙度瑞拉還實際。

他們交往時，男孩很少上我們家，連鮮花、伴手禮都少。來過幾次，態度很拘謹，總是笑得很靦腆，會不時的搔搔頭。曼君媽媽問他話時，不算對答如流，也不會支支吾吾含糊其詞。我總是在旁邊聽著，那些基本背景的問答：家境小康，兄弟姐妹四員雖算起來多，但都各自成家，他是么兒，核心同住成員只有父母。曼君媽媽算是滿意，說他的背景狀況以及忠厚老實的個性和我差不多，曼君應該能習慣。

他和我差不多？我百分百希望他不是！所以我得趕緊命令他，早點結婚。

在熱戀中結婚不難，只要郎有情妾有意，特別是再有長

參、輕小說

.145.

輩加注的力量。在憎怨情緒當中離婚也不難，只要激情褪去，阿貓阿狗都是理由。我當時的順水推舟是基於一種可預期的經驗，希望曼君的煙花開在最美時，順便成就了永恆；但我也能預期，童話一旦摻入了現實傳統的責任，黃體素的恆久幸福感接續不上來，炙熱的動情激素不成火花，即將燒成灰燼。

　　她的煙花到底綻放了沒？她沒告訴我們。她吵著要離婚，說公婆嫌棄她肚子不爭氣；說婆婆唸叨她時，丈夫沒替她說話；說她乖乖上班已經很忙了，為什麼還要做家務？說我們也是她的爸媽，憑什麼她不能常常回娘家？說已婚的同學同事都有自己的兩人生活，為什麼他們總是要一家同行？加上那次我一時的心臟病發，給了她雪上加霜的激動理由！

　　結婚五年，這些抱怨，說了四年，有開始，有結局，沒有結束。一開始一週回娘家一次，一週變兩次，愈來愈頻繁，然後天天回來，印章一蓋，便回到最初，A點和B點依然存在，C點成了過路站牌。該下車的旅客下車了，豐富了她惆悵的篇章，以及抱怨的名單。

　　蠟燭兩頭燒的曼君媽媽，也一直很責怪自己那篇「忠厚老實、顧家孝順、很像我」的評語，只能補償式的更殷勤的服侍女兒。怕她心情不好，總是去敲她的房門，換來的不是嚶嚶哭泣，而是沉悶的怨懟。她的悶不吭聲，慢慢地發作成物件的碰撞：踢鞋、甩門、丟皮包、拖拉椅子⋯⋯那些聲響不是出自她口中的吶喊，卻一聲聲重重地捶打著她母親的心。

　　她媽媽病了，癌末，才一個半月，走了。她哭了！徹徹底底的放聲大哭了！

九點半了，鏡面的倒影因為外面的陽光愈強，愈不清晰。我感覺眼眶濕潤，在落地窗玻璃卻沒看到自己淚影。

　　亡妻走時，因止痛的嗎啡定時的灌注，人已彌留，我沒有看清楚她的眼裡有沒有燦爛的煙花，也不忍心看。婚姻不是稍縱即逝的愛情，而是被裱褙的美景，我是作畫人，她樂在畫中。但凡生命仍不斷延續著時，沒有人能料想何謂「有始有終」。我很羨慕她的幸運，留下從最初到最後，最完整的美麗。

　　時間隨著日影在推移，一日復一日，對面的舞臺已經整個曝曬著明亮的陽光。沒有懸疑的暗影，便沒有了風花雪月的期待。

　　我得裝上右膝下承筒義足，慢慢起身，保持平衡，離開日光的療養。今早原想在曼君的土司裡夾顆蛋，但我身邊站著亡妻的幻影，邊撥動湯勺，邊掉著淚，那鍋湯水，愈來愈滿，愈見清澈，細數著她站在這兒準備每餐菜色的面容和心情。

　　我不得不承認，我沒有亡妻的耐勞無怨，也沒有曼君敢愛敢恨的堅毅。我曾為很多女孩的付出感到驕傲！但橫生枝節的心，是我濫用了她們給的安全感。

　　是哪個一個小君告訴過我，「願我如星君如月，夜夜流光相皎潔」？

　　而我總是貪戀月光怕月落，卻忘星輝似明眸。

那個女人

　　放射科室外偌大的磨石拋光走道，一如往常人來人往，但不多見卻都是身材直挺的年輕小伙，有胖有瘦，有高有矮，但多是白面的花樣男孩，他們人手一疊紙張，乖乖的排隊，或坐在兩側的連座椅，等著被唱名。

　　阿雪姨被女兒思妏推放在這人群之中，愣愣地端詳了好一陣子。看看這些青春男孩，又看看虎背熊腰的女兒背影，正站在櫃檯辦理報到手續。心裡嘟嚷著，世界顛倒了嗎？怎麼女孩不像女孩？男孩們卻長得一個比一個秀氣？不過怎麼說，醫院因為這批等著當兵來體檢的人潮，卻熱鬧了起來，空氣中的藥水味也淡了許多。

　　待女兒辦好手續，拿了一身檢查用的藍色罩袍，來到阿雪姨身邊，她問：「以前阿源要當兵時，甘有來體檢？」

　　女兒答：「應該有吧！」

　　阿雪姨有兩個小孩，先有思妏，後來才生了思源。她大姑說，生女兒好！能陪進陪出。但她總是怨，為什麼這女兒不是個男兒身？

　　「今天人較多，咱先來換裳。」思妏說著，就要推動輪椅。

　　「換衣間那麼小間，這臺哪推得進去？」阿雪姨不高興地說。

　　「推看賣啊，是妳講要坐的，啊嘸妳要下來走嘸？」

兩個小時前，他們才在家裡一同吃中餐。俗話說，「五十肩，六十膝，七十腰」，六十五歲的阿雪姨覺得自己的肩胛骨輪痛得更早，連帶正當腿疼的歲際，邁向腰椎無力。特別是思源帶了女朋友進門之後。

　　這一女一兒，讀書時雖沒有很出跳的成績，長得規規矩矩，也聽話不叛逆；專科畢業後，工作也算穩定。阿雪姨的小姑說，這種孩子才好！書不要讀太高，不然會飛到國外去，就不能守在身邊了。小姑說的話總是半真半假！因為小姑的女兒從小讀書一路都是資優生，幾年前去了美國，一、兩年才回來一次。但每當這些姑嫂逢年過節聚在一起時，總是拿孩子在評比，誰聰明、誰厲害、誰又拿了獎學金，小姑總是眉飛色舞的那個人。

　　她常常在這種大家族聚會過後就會滿肚子氣，對老公抱怨說，「號不對名了啦！思，臺語唸做『輸』，查某囝仔沒要緊，查埔仔嘛賀啦！還沒戰就先輸！」

　　「阿爸號的名，有阿爸的道理。古早人講，『吃果子，拜樹頭』，飲水思源，「思源」，金賀啊！」

　　「啊咱不就思奴來改成『飲水』，別人才知影這是歸套的！」

　　這兩個名字是公公取的。說名字的中間字要取一樣的字，兄弟姐妹感情才會好。因為先有了孫女，希望孫女端莊斯文，於是成了「思奴」。第二胎成功得男，第三個字就省事的湊個「源」，也是好意頭。

　　阿雪姨就是不高興！公公還在世時，她常常看著大姑小姑

和公公每天總有說不完的話，明明老公是家裡的獨子，卻口拙得插不上兩句，連帶讓她也像個小媳婦一樣。大姑小姑都嫁得不遠，兩位姑丈又都聲勢過人，很給公公臉面，搞得他們明明是主子正傳，卻總是矮人半截。

「阿爸卡疼查某子啦！你真沒效內！」她總是這樣講。

「嫁出去的查某子，潑出去的水啦！擱卡敖，放尿也抹過溪啦。」老公總是講得很把握，帶把是隨身帶的免死金牌一樣。

丈夫沒個男人樣也就算了，公公根本偏心才取個「思（輪）」來作怪！

不過，比起大姑不常提起的小兒子，大家就私下咬耳朵，總算也讓阿雪姨可以稍稍安慰自己，孩子平平凡凡沒關係，只要不上警察局和法院，做個正常人就好。

正常人不是應該和她老公一樣，三十歲之前娶老婆，然後生兒育女？像隔壁林家，逢年過節鬧哄哄的，左一聲「阿嬤」，右一句「阿嬤」，叫得阿美嬸的頭都來不及轉，掩不住身為女人的驕傲。

「緣分啦！」每次阿雪姨和阿美嬸在聊天時，總會抱怨起孩子遲來的婚姻事，而這三個字從心滿意足的阿美嬸嘴裡說出來，總是令人很不是滋味，瞇著眼睛、嘴角上揚的笑意，和小姑一個調性。

今天思源上晚班，思妏為了要陪她上醫院來，放下了工作，在家裡做了簡單的菜瓜鹽粥。

「干貝絲和蝦皮要先爆乎香，」阿雪姨兩手叉胸，嘴上在

對掌勺的思妏講著下鍋順序，眼睜睜地看著坐在沙發等午餐吃的兩個年輕人，「蒜頭放淡薄仔……炒乎香……」

貼在思源身上的女孩，兩隻手纏抱著他的左手，兩顆頭根本連在一起地盯著思源手上的手機，「快！打它！打它！」旁若無人地進行手機遊戲。

撲鼻的鍋氣已充塞了整個廚房和連接在外的客廳，干貨的鮮味已被熱油提了上來，整個一樓裡裡外外都有戰鬥的火氣。

這個女孩一年前來的時候，看起來就嬌小可愛，不是個手能提、肩能挑的，不像她自己，能擔起一家大小的家務。「可以放肉絲了，」雖然思源說她自己也能上班工作，現代女孩已經不需要專職持家，而且兩份薪水確實能有更好的生活品質，「別炒太久，」最惱人的是，思源已經「輸原在」了，還找了個玲芬？「加水和茱瓜，蓋鍋蓋。」

粥是煮好了，生米也成熟飯了，但大門還沒結過八仙綵。

思源說，「時機未到。」阿雪姨問，「什麼時候到？」他答，「到了自然會知道。」這是小姑三號嗎？得了便宜還賣乖？

「姐姐真厲害！煮得好香哦！」他們結束了一個段落，玲芬聞香就誇起來，「快要比阿姨卡敖煮啊內！」

玲芬在吃飯前，總要喝一瓶小小的飲料來保持身材，這會兒，她扭了半天，拿給思源說，「人家打不開～」那個尾音拉得阿雪姨的神經，連綿得痛到末梢。

思源接過手，「波！」地一聲就開了。女孩被哄樂似地，像塊融化的奶油，從他身上滑了下去。

參、輕小說

阿雪姨看著冒熱氣的那碗菜瓜鹽粥，又看看桌上新買的那罐香油，對思妏說，「我打不開。」

　　原本思妏已經拿了湯匙舀上來，對熱粥正在呼呼吹氣，聽阿雪姨這一號令，立刻放下勺子，接過香油，用雙腿一夾，牙根一咬，輕脆地也「波！」了一聲。

　　「憨查某！」阿雪姨白了她一眼，暗暗地罵，果然和自己一個樣！放尿啊袂過溪，甲敕要衝啥！

　　「夏雪！夏雪阿姨！」檢查師在叫了，思妏忙著答：「在這。」

　　體檢到幾點？年輕人好像走得差不多了。忽然空間大了，冷氣涼了。怪自己是個「雪」，明明大家都追著看，覺得美，卻不知寒。

彼時此刻

那些女人

1

　　我怔怔的坐在沙發，看著門邊那雙彩色編花的女用拖鞋，已經兩週來都在原地呈現著「聖杯」的一正一反。到底是發生了什麼事？我也忘了，只是好像不得不承受這種「女友月經風暴期」。在我和欣怡穩定交往了這麼多年，小分小合也算是一種調劑。可是我愈來愈不習慣她說走就走，又不習慣得花時間去哄她回來。

　　手機不斷地「嗯～」「嗯～」的無聲抖動，與木桌輕輕的共振。屏幕出現著不同訊息的字：大雄要邀我去練球、各種不同的會員好康通知、同學在群組早安晚安、還有總經理不時的忠誠喊話……我感覺有賴的時代後，整個人生都被綁架在一個會發光的框裡！工作都還能週休二日，但人與人的關係隨時緊盯在後，別說一刻也不能放假，慢個三分鐘回訊可能都會被掛個罪名。今天可是週五晚上耶！可以喝點小酒，也可以大醉一場，反正六日就是廢在床上的大好時光呀！

　　但我卻還沒去尋個酒伴，不知道自己坐在這兒等什麼？好像是該有什麼事要做？又偏偏想不起來是什麼？腳邊那個被便當紙盒塞得闔不上蓋的垃圾桶，已經飛著黑黑的小蚊蟲。

　　欣怡是我的記事本兼鬧鐘，她的發作期是老天安排給我的長假。這個長假讓我可以放肆自己和朋友連著幾夜地開兩箱啤酒和無限時的「英雄聯盟」；也可以在客廳的沙發上，雙腿夾

住一桶全家餐，盡情啃食油汁噴發的炸雞，解放電視螢幕上一觸及發、兩三句話就能搞定的激情肉慾。但「痛快」總有個叫做「痛苦」的孿生兄弟！當欣怡回來到處找尋廚房裡飄出來的酸臭味、和水槽裡一堆堆積成塔的待洗碗筷，我的耳朵便無法清靜。

真是個臭男生！欣怡總是這樣罵我，並且離不開我。

「嗯～」「嗯～」手機又抖動了，這回是出現欣怡的來電。

我一接起手機，連忙嬌嗔的叫了聲：「老婆～」莫料她不給半點空間，嚴厲地連珠式發話：「陳小光，我只是打電話來提醒你，明天早上七點去接小雯姐，然後到技擊館站對面集合，遊覽車七點半準時發車。」

「早上七點？遊覽車？」我一頭霧水，也沒有加以思索。欣怡在電話的那頭，剎時沒有了任何聲音，我感覺有條兇猛的動物正伸展著前腿、要往前撲似地，蘊釀著重重的喘息。

我明知這種危險訊號會在幾天或幾週後自動解除，但還是會當下的不寒而慄，快快設想一條逃生路線。她對我的這種無聲懲罰，多半是她已經多次耳提面命的事。在這無聲之時，手機裡已經跳出另一個來自她的話串，最後提醒的書面通牒。

「我怎麼去啊？」我像個沒媽的孩子。

「關我屁事啊！」啪嚓！沒聲了。

我確實是個沒媽的孩子，所以我身邊的女人都活得像我媽。我對父母親都沒太大印象，除了陪了我幾年的外婆，最大生活成分就是大我十歲的姐姐，以及和姐姐親近的那些各種姓

氏的女玩伴。一個小男生從小就摻和在女
人圈裡，常常是嘴裡的那顆糖還沒化，另
一個不知情的姐姐又要塞進一顆的概念。
記得是唸小學一年級還是二年級，我哭著
回家說學校要開家長會。

「姐姐，我們沒有家長，怎麼辦？」

姐姐的玩伴裡，有個身材最粗礦、嗓門最大的劉姐。那
會兒時逢端午節，剛好在家裡一起幫忙外婆準備粽料，她說：
「怕什麼！我們就是你的家長。」她說起話來會拍胸脯，話裡
總會包山包海，當然也包了我的愛情。欣怡就是劉姐最小的妹
妹。

電話掛斷之後，我滑看了欣怡傳的那個通知才想了起來。
難怪我一直感覺有重要事！而且就在明天一早！我趕緊滑開手
機，在外送平臺點了桶炸雞，接著在「臭男人」群裡找了支待
會兒要配雞吃的影片。欣怡既然來了電話，表示假期很快就要
結束了。

2

在遊覽車上我才和姐姐選好位置，劉姐從我左側邊便是一
記拍頭，「陳小光！你又吃什麼豹子膽了！誰不好惹，敢惹我
們劉家的女人！」她邊大聲的斥喝我，邊用餘光瞄著斜角兩排
座位前，正在和人說話的欣怡。欣怡背對著我們，沒看到正上
演的這一幕，耳朵倒是直直地豎著。

我姐喜歡看風景，總是選靠窗座位，劉姐的嗓門這麼大，這會兒，裡外都是風景了。

　　我怎麼會沒料想到！我抓了抓頭，不敢吱聲。劉姐從小就比我姐像我媽，我知道她演得愈烈，欣怡就會心軟得愈快。

　　「長大了是吧！翅膀硬了！我摸摸你多大！」她探手就來，我也沒處閃，還好我姐出手得快，半路就攔下了。

　　「唉呀！別三八了！他都快三十歲了！妳還真摸他！」姐說。

　　「陳小光是我從小摸到大的，連噓尿我都有份，就算我打了他，警察都不敢處理。」劉姐又說。

　　「好啦好啦，」主辦這次旅遊的敏真姐來了，「我們先出發，車要開了。待會兒我們到了溪頭，把陳小光綁在樹上，每人發一根粗粗的棍子，棒打薄情郎，好好揍他一頓。」

　　她們的咬牙切齒，字字都暴力！背對著欣怡、面向著我笑。

　　我親姐姐叫做陳小雯，還沒認識她們之前，都幫著外婆在傳統市場賣粽子，高中上的是夜間在職班，所以才有那麼一票年紀不太相同的同學。劉姐年齡最大，身材粗獷些，虎背態腰地，偏偏男子形象又喜歡蓄著長捲髮，不仔細看會找不到脖子；敏真姐和劉姐幾乎是完全不同，她明明不高，卻瘦得像隻竹竿，講起話來慢慢的，聲線像針一樣，瞄準毛細孔插進去一樣磣人。這班人挺多，經常在我家走動，男男女女，來來去去的，比例最多還是這五、六個。阿好姐和阿善姐現在坐在我們後面，悉悉窣窣的不知在商量什麼事。只有我姐姐，永遠是那

個氣質最優雅，總是靜靜地在聽人說話，然後呵呵笑著地那個班花。

「大人要說話，你小鬼一邊去。」

車子發動後，我就被劉姐轟走了。我看欣怡身邊坐了個人，除了她們幾個，我誰也不認識。最後排比較高的空位，被她們堆了些小行李，待會兒我可以把它們推開躺平，也是個辦法。

正坐下呢！欣怡旁邊那個女孩坐靠近走道，也正起身去問敏眞姐要礦泉水，轉頭看了我一眼，笑了一笑，長得有點可愛。其他的人，全只是看到一小個頭頂露在椅背之上。劉姐挨著我姐身旁，阿好姐和阿善姐站著身來，倚抱著前面的兩個座位，指指點點的說著什麼。

還好有這票好朋友，從姐姐的十六歲到現在。二十多年，就像一場嘰嘰喳喳的連續劇：她們經常來串門，嘰嘰喳喳地；因爲阿好姐那時擔任女裝專櫃小姐，了解一些價差和小門路，然後幾個女人嘰嘰喳喳地商量一起去中盤批服飾，到市場去擺攤，有空也去跑跑夜市；接著我家就常常有不同的男生來搭把手，又常常被這些嘰嘰喳喳的女人轟走，；一直到我姐夫因爲她們嘰嘰喳喳的推波助瀾而出線；但姐姐說我還小，外婆又老了，不想出嫁，又是一場嘰嘰喳喳後沒多久，我看到世上最美的姐姐，頭蓋白紗，身穿禮服，美美地上了來迎娶的大車，外婆流著淚，潑了一面盆的水。那年，我十三歲。

如果有人來問我，對於「三個女人就等同是一群麻雀」的看法，我絕對舉雙手贊成，並且會大聲疾呼，請好好欣賞這群

參、輕小說

麻雀！因爲她們每一次的嘰嘰喳喳，就成就了一件大事！

　　姐姐出嫁後，刹時間，家裡變得很冷清，明明是才嫁掉一個姐姐，卻等同是嫁掉了一團媽媽。本來同在一個市場，外婆賣粽子，她們輪流張羅那個女裝小攤，還是可以常常和外婆碰上面，但我白天要上學，和姐姐就見得少了。外婆說，嫁出去的女人有自己的婆家，我們要多靠自己。

　　外婆的粽子生意，說好，也不是太好，只有端午節的時候，許多不懂怎麼動手的主婦要買來祭祖和應景，其它時間，大概一天一、兩百顆的銷量，確實很夠她忙了。她常說，「生意好，人倒；人好，生意倒。」買賣不是大事，能糊口就好，但光是洗粽葉、備料、炒料、包粽、煮熟，這一堆工續，就足足要耗掉整天。有姐姐和她的姐妹伴在時，好幾雙手，雙雙都能幹。沒有了她們，外婆忽然老去一樣，拉著棉繩纏粽子時，手都爆著青筋發著抖。

　　劉姐還是經常來幫忙，還偶爾帶著那時正在唸高職的欣怡來。摸著我的頭時，會隨口說幾句姐姐的消息，說她忙，姐夫不捨得姐姐辛苦，努力要幫她開個小服飾店，省得風吹雨淋，看天吃飯。

　　比起一群人嘰嘰喳喳，這種一個人碎碎說話，顯得落寞。欣怡大我三歲，當時個頭比我還大一點，總是學著劉姐摸我的頭，說，「你要乖。有空我來陪你玩。」

　　比起成長過程的那些冷清，沒人知道我有多麼喜歡她們這樣的嘰嘰喳喳。看今天這狀況，肯定又有什麼好安排。但不管再是什麼，都不及我終於再看到姐姐的笑。

她們的嘰嘰喳喳是有聲音表情的，很容易分清楚好壞事的幾分程度。音量愈低，頻率愈慢，愈讓人難過。

　　自從劉姐出現在我們家開始，就像大力士一樣撐起了天。外婆的粽子賣不完，她會到處去吆喝；姐姐舉不動擺攤的那些大件小件，劉姐能舉就奮力舉，舉不來就到處動員；自己忙時，也知道派個小褓姆欣怡來給我。一個面面俱到，雌雄能力兼俱的她，以為天下無難事，終究扛不住天意！

　　有一天，劉姐來，低聲地跟外婆說了些話，說得兩個人滿面愁容，然後劉姐就放聲大哭了，喃喃地說：「我有錯！我有錯！我不會看相！居然給小雯尋個短命的！新婚還不到三年啊……」她們究竟是把我當永遠的六歲！總覺得告訴我什麼都是多餘！我在門後聽她們說話中得知，姐夫在外務之中，出了嚴重車禍，姐姐不眠不休地守在醫院幾天，最後走了。

　　我在這個居高的角度，看得到姐姐頭頂一圈新長的白髮，雖然只有毛頭的零點五公分，也能想像十年前的她，當時承受了多大的痛楚。

　　欣怡受劉姐之命，陪我和外婆去了姐夫的告別式。姐姐的頭一直埋在被悲傷泡黃泡粗了的麻紗頭罩，全程沒有抬頭，只露出一個紅紅的鼻頭，不斷的抽啜著，抹了又抹，哭地雙肩不住地顫動。我們沒有時間和她說到話，也以為她很快就會回娘家，殊不知這一別又是一年，她揹起了姐夫還沒做完的事，加上有一群姐姐們的幫忙，真的認真的開了一個服飾店。

　　我漸漸大了，只剩下欣怡有很多時間來陪著我們。外婆一時間好像感覺到什麼，雖然並不樂見這種結果，但礙於情義太

重，只好說了句，「唉！嘛賀啦！某大姐坐金交椅。」聽不出是憂是喜。

遊覽車上開始有人在點歌唱歌，希望不要太難聽！比起這些陌生的聲音，我還是習慣那幾個女人節奏輕快的嘰嘰喳喳。

3

時隔二十多年，這是我第二次參加姐姐們的班遊，某些不認識的女人來摸摸我的肩，或者不認識的很多大哥來拍拍我，說的都是「小光都長這麼大了！」顯然他們對我並不陌生。

全班共有五十人，來了三十多個，午餐開了三桌，說是多年不見，吃飯和時間一樣總得擠一擠，感情才能長久。劉姐說我不能老是一副沒斷奶的樣子，把我安排在男人桌，右手邊的王大哥帶著女友，卻也來坐在他身邊；左手邊的林大哥好像真的和小時候的我很熟，熱絡地和我聊他的青春和我的童年。

青春真是一本滿載五顏六色的繪本！他們哄堂大笑留下的那些色彩，潑染了他們走過的路程，著上了每個人的特色，交疊混出新鮮光影，或融為一盤解釋不清的黑，不小心地記憶，但老天卻有意，讓緣分的筆，將它們兜在一幅畫。

一行人走在七樓高的空中步道上，沐浴在芬多精中。他們之中，走在最前頭的，拔得頭籌似地大聲喊叫，我和這群老隊伍在其中，敏真姐墊後，陪著兩個腳程慢的落在隊伍之後。

步道不寬，也有反向迎面錯肩而過的人，所以我偶爾剛好會與誰併肩說些話，然後獨行一段，再換成另一個人，來交流

一些訊息。我一直不清楚，外婆也曾經說過，她們這幾個女人和我們非親非故，卻特別照顧我們一家人，一定是上輩子就結了緣。

　　姐走在我身旁時，指著騰空步道邊，一邊指著說，「小光，你看，這些杉木這樣高，它們自己長得好，才有能力庇蔭比它矮的樹；那些矮小的樹，底下還有些更小的姑婆芋，姑婆芋底下還有更小的花花草草。」我看著姐姐，發著光似地，她的長直髮，有淡淡的薰衣草香氣，明明還是紫色浪漫模樣，卻飄散著穩定的老成。

　　與她們初初見面時，我還矮小，抬頭只有看到很大的那把保護傘，遮住了整片天空；今日重遊故地，她幾經風雨，我個頭已經高過她一個頭，還是沒生個好膽量說，「姐，我來當大樹！」

　　劉姐跟在我們身後，不知道偷聽了多少，又上來驅趕我，「去去去！去找你的姑婆芋，我來陪妳姐找大樹！」

　　我有點忿忿不平衡，要是欣怡是姑婆芋，我是小樹？還是小草？

　　我加快了腳步，追上了欣怡時，已在頂上遊客休憩的茶水商店區。她正和那個在車上對我笑的女孩在找大桌子，安排著先到的大哥姐們入座，手裡拿著點茶單在一一詢問，等著大伙一同上來喝茶喘息。

　　我湊過身去，打算幫忙，欣怡一瞥見我，立刻就別過頭去。吃飯時鄰座的林大哥拉了我，說，「坐坐坐！那些事，是女人家的事。」

才坐下，那個笑笑的女孩挨著我坐，遞給我個塑料袋，裝著兩顆熱騰騰的茶葉蛋，說：「我問過大家，他們說年紀大了，怕膽固醇高。可是蛋魯得這麼香，又花不了多少錢，不買覺得對不起自己。」

不買覺得對不起自己！是啊！終於讓我想起來，欣怡老是叫我好好存錢，不要亂買東西。那天為了要買角色配備，我也是這樣講的，「又花不了多少錢，不買覺得對不起自己。」

女孩的右唇上，有一個小梨窩，笑起來甚是可愛。她說，她是阿善姐的姪女，叫小茹，是百貨公司的女裝櫃姐，和我小雯姐算同行，今年二十五歲，對於我的名字，「如雷貫耳」。單是這四個字的形容，真是令人飄然。

「希望沒說太多不好的，呵呵……」我靦腆地笑，到底說了什麼也不知道，不過可以放心的是，阿善姐絕對人如其名，心善口善。

「阿姨當然沒說什麼不好的！倒是欣怡姐說了不少。」她眼裡閃過一絲戲謔的光。

「妳跟欣怡很熟嗎？」我問話時，她拿過我手上的茶葉蛋，剝了起來。

「不熟啊！今天才認識的，」她慢條斯理地說話，字字相連；雙手動作挺快，順著蛋殼的裂縫輕輕一掐，整顆蛋就完整得脫落了下來，「你們倆個都在一起這麼久了，還吵吵鬧鬧的，你們不會是不合適吧？」她掐著光溜溜的蛋，便往我嘴巴送。

我閃了一下，用手接了下來，也不想回答這個問題。林大

哥觀戲了一番，搶過了茶葉蛋說：「小光身強體壯的，這顆茶葉蛋留給小雯補補，她太瘦了。」

一行人全上來了，他們又天南地北的聊起來。幾個人在聊晚上要在誰的房裡喝酒泡茶，有人提議說去民宿的包廂唱卡拉OK，有人說時候不早，早睡早起身體好。說到睡？今天車子到得早，民宿還沒check-in，行李都還在車上。

「不用煩惱行李，敏真和老王已經去處理了。」劉姐拿著幾張紙，準備配房間了。我搜尋了一下，敏真姐確實不在，王大哥不在，但他女友也不在，八成是一起幫忙去了。

她唸著唸著，先是把帶著家眷的先歸類完成，唸到欣怡名字時，小茹忽然大大聲的舉手說，「我要和欣怡姐睡一間～」劉姐看了看我，我姐也看了看我，我感覺所有的眼光都投向我時，欣怡高調地回應說：「好啊！我和小茹睡一間。」

身材嬌小、微微豐滿的小茹蹦蹦跳跳地去一把抱住高大的欣怡撒著嬌，我居然有點不是滋味！此刻當小樹也好，當小草也罷，我的姑婆芋被占了。

4

我們這個小隊伍，從二十多年前就走在一起，全靠劉姐的大姐頭風範，但經歷過一些社會經驗的我，知道要召集一票人確實是不容易的事，所以姐姐們一直在誇讚著敏真姐真有號召力。她們和一堆行李全聚在一間，都晚上九點了，只打開了阿好姐的，拿了一些舊物出來，開了一瓶紅酒，開始回味時光。

她打開了當年的畢業冊，一顆一顆的數著這些黑白的人頭像，這個誰，那個誰，記憶大考驗一樣，我看她們猜著猜著便歪了頭，然後又眼神意會了什麼開始捧腹大笑。我也是今晚才知道，原來阿好姐和阿善姐的兩個稱呼，不是本名，主要是她們當年幫著很多曠課的同學，一搭一唱地，在老師面前虛晃了很多瞞天過海的故事。

「小光，你看看這個帥哥！當年你姐姐差點就被他追到手。」阿好姐指著一張照，一個身形瘦高、戴著墨鏡的年輕男生，騎在一部帥氣的重型摩托車上，彎腰捉著下彎的手把，上面兩顆沒上釦的黑襯衫，坦露著微線條的胸膛。

「他有來嗎？」我好奇地問著，感覺對這個人沒啥印象。

大家忽地「噗哧」一笑，接著說：「不是有人在吃飯時一直對你示好，給你挾菜，沒問你小雯姐的近況？」我想了一下，忽地一時腦筋接上了線，問：「是王大哥？還是林大哥？」

問是都問了，而且這兩個男人好像都跟我很熟，最主要很難分辨的輕重，是這兩個人，推算起來，才年過四十，怎麼都是小老頭兒樣？身體曲曲地，頭髮已經開始花白稀疏，和照片裡這腰身挺拔、頭髮茂密的小伙子，真是天壤之別。不妥不妥！我姐姐這麼漂亮！姓王的不是還帶著女友？姓林的說起話來，太大男人主義了。

劉姐說：「你姐姐行情好，不管是這老王還是老林，還有

隔壁班的老張和老陳，哪一個不是被迷得沒天沒地的！一聽到現在小雯單身，不就又全員到齊了嗎？」

　　這席話聽起來怪沉悶的，阿好姐拍了劉姐，眼神罵著她不該亂說話。姐姐一貫的好性子，還沒想好要說什麼，敏眞姐啜了一口紅酒，就先發話了：「你們先上了山，沒有看到王大林的女朋友，耍了性子要走人！我看他要哄不是，不哄也不是，看起來眞丟人！都幾歲了！」

　　「什麼時候的事？我們都沒看到！」她們開始嘰嘰喳喳地追問，然後敏眞姐就依看到的狀況說了一大篇。

　　「唉呀！男人總是這樣說，和女友常吵架啦！和老婆感情不好啦！到處撒著悲情的種子，博取同情的一夜露水。」有人說。

　　她們明明在講著老王，我忽然感覺自己的臉臊臊的。

　　「我看老王也是蠻可憐的。」敏眞姐又說。

　　「是啊！人也不壞，怎麼一直沒遇上個好女人呢！」好像大家都對他挺好評的。

　　「妳們可別忘了，我也是單身。」敏眞姐話音剛落，眨了個媚眼，瞬間現場定格了兩秒，然後歡聲雷動，大家高舉雙手喊著，「解救他！解救他！解救他！」

　　「咳咳」，姐姐假咳了兩聲，說：「別忘了我們的約定，在小孩子面前，不要亂講話，不要太八婆。」

　　劉姐忽然用力拍了我一下，說：「陳小光已經不是小孩子

了！」然後她又作勢的降低了聲量，攬著我的肩，說：「你和欣怡怎麼開始的，我從來沒過問，但是要怎麼收尾，你總得給我交待吧！」

「我給她打個電話，十五分鐘後到大廳去。」

我姐嚴厲的命令，不能不從。那些女人，個個都俠義，哪個我都惹不起。

5

欣怡十八歲那年，我唸國二。之前是劉姐來幫外婆的忙，她會跟著來。有一天，她自己騎了一部嶄新的50CC機車來到我家，人沒有下車，機車還在發動著，在門外喊我，「陳小光，陳小光，快出來，快來看『小紅』。」

她騎著小紅載著我，不停地繞著愛河走。她邊騎，邊大聲的告訴我，她成年了，十八歲了，考了駕照，可以自由自在的到處跑了。她很興奮，騎得很快，我拉著她腰際的衣服，在機車加油收油之中，會前後晃動。她放開了右手，拉著我的手去抱她的腰。然後大聲叮囑我：「抱緊我，不然你會掉下去。」

她高中畢業後，就去從業，有時當店員，也去加油站加過油，工作換來換去，但都繞在我身邊。我最後去了偏遠的專科學校，她也鄰近在那附近租房及工作。

剛住校的第一年，人生地不熟，她的存在給了我很多的溫暖。

給我送飯，給我收髒衣服再送乾淨的來，是我的後方補

給；給我捎來外婆的消息，一解思鄉之愁。到第二個學期，我和同學已經混熟了，她的出現反而成為很大的困擾。

同學總是問，「她是誰呀？」

我只好說，「是我姐姐。」欣怡幾次都是在場的，也會欣然接受地說：「對呀！我是陳小光的姐姐。」

專二那年，我喜歡了班上的一個女孩。她的形象就像我的小雯姐，長直髮，鵝蛋臉，身形纖細，青春模樣，特別是穿著軍訓裙時，臀型圓圓的。工專裡男孩子多過女生，我們彼此的好感真的挺難得，所以我很小心的守護著這段剛萌芽的愛情。

一天，她面帶委屈的來問我，欣怡真的是我的姐姐嗎？我一頭霧水，不知道她為什麼這樣問？後來經過求證才知道，原來欣怡寄物在門口守衛室，留下了「劉欣怡」三個字。

「你姐姐為什麼不是姓陳？」

她問我時，撇著嘴，都快哭了。感覺一時間又沒法解釋這麼長的故事，於是講得亂七八糟的。

「我不管！反正你們就是要好！我男朋友和別的女生要好！」

看她那樣子，我心都化了。我牽著她，當著欣怡的面，說：「欣怡姐，謝謝妳的照顧！我長大了，在學校會很好，妳去忙妳的，別再來了。」

溪頭海拔一千多公尺，比起高雄的氣溫有明顯的體感溫差。雖是九月，正當入秋，只穿了短袖T衫，甚有涼意。我提早了三分鐘下樓，應該發個訊告訴欣怡，別忘了披件薄衫再下樓。可是想起了過往，還有什麼溫度能比負心更令人寒涼的

呢？

　　我很努力守護了初戀，也度過了各種滋味的日子，她的哭、她的笑、她的無理取鬧、她的小心眼和小心機，多采多姿，訓練得我不成長不行！

　　欣怡並不是再也沒出現，只是她把來我找的次數，都挪去給了外婆。姐姐們各自有家，就連外婆的所有後事，都是她陪著我全程操辦。

　　在殯儀館那幾天，我心虛地低著頭聽她教我怎麼摺蓮花；完了之後，教我唸她去廟裡拿的經文，唸了好久好久，說可以幫助外婆一路無阻……。外婆說得沒錯，情義這麼重，一定是上輩子就結好的緣。

　　先是嫁出了姐姐，後來送走了姐夫，最後又送走了外婆，連同畢業，初戀也離開了，我的人生，像脫了好幾層皮，除了勇敢，無法抗拒重生。

　　欣怡下來了，東張西望地在找人，我才慢慢從牆邊現身，然後從她身後拉起她的手，逕直的往門外走。

　　離民宿大概十多公尺外的商店區，她甩開我的手，並且教訓我說：「小雯姐吃了好幾年的素齋，拜了好幾年的佛，為了你這個臭男生撒謊破誡，你到底長大了沒啊？」

　　「老婆，對不起，我們不要吵架了，好不好？」我聲音顫抖著。

　　她自顧自的慢慢往商店區走，商店都打烊了，只剩下幾盞路燈，把近身的人影縮得很短，又把離遠的人影拉得又稀又長。影子永遠不寂寞，因為有人伴著。我一路的不寂寞，是因

彼時此刻

為她總是領著我走在前頭。

　　剛入伍的幾個月，是我心裡最煎熬的日子。我把失去親人的悲傷，和女友離情的憤慨，全操作在體能上，只求透過身體上的痛楚，轉移掉對老天的怨懟。每一次面會的時間，不管其它姐姐有沒有一起來，欣怡都沒有缺席。她總會帶些我愛吃的，笑笑地看著我說：「小男生長大了！長壯了！」

　　當兵一年多，近年關了，我休假回家，她騎著小紅來找我。我們不再漫無目的兜風，而是停好機車，沿著愛河旁邊散步，看著河裡美麗的光影。她的頭髮一直蓄不長，說是每要過肩頭的那個過渡期很難受；但一到冬天，天氣涼一些時，總要縮著脖子。

　　「改天，我送妳一條圍巾。」我們肩並著肩，各自將手插在口袋。

　　「不用，能省就省！高雄的冬天不過就是幾天。」她才笑著說著呢！便打了一個寒顫！

　　我伸出放在口袋裡的雙手，一把抱住了她。出於重重的情義，也出於捨不得她受凍的心疼。終於覺得自己也能像個男人，保護一個從小就比我高大的女生。攬她入懷時，才知道自己不知道何時，已高過她半個頭了。

　　忽然間，她嚶嚶地哭了起來，然後才抬起頭看著我說：「你好臭。」

　　「我剛做完一百個伏地挺身，還沒洗澡啊！」

參、輕小說

「真是個臭男生！」她拍打著我結實的胸膛邊罵我。

商店區的燈，正在一顆顆地滅，四方靜悄悄，整座山都要休憩，連月兒都懶得太亮了。

欣怡忽地轉過身，說：「沒話要說的話，早點回去休息吧！好冷哦！」她雖然早知道要罩上一件薄衫再下樓來，但依舊縮著脖子。

初夢還是最美的。我故技重施抱住了她，說：「我也好冷哦！」

這次她一樣沒有掙脫，只是慢慢地說著：「是不是我年紀比你大，所以什麼都要讓著你？」

「欣怡姐，」我緊緊的摟著她的雙肩，讓我能把話講完，「你一定要讓我！」不出所料，她躁動地蹭著要脫身，「讓我心疼妳，一輩子。」

路燈隱了。滿天星斗是我的鑽戒。

翌日。

一早，所有人都好好的補了一覺，暖黃色的太陽和荷包蛋一樣，又滋潤，又營養！山林的洗禮，熱烈的友誼，終於定下心的愛情，在早餐空間裡的熱咖啡和烘焙香氣，濃郁得化不開。

這時，大家忽地一個驚聲低叫！看著走進來的敏真姐，悉心打扮素顏妝，紮了個高馬尾，馬尾上綁了只米妮款的圓點蝴蝶結，全套的粉色運動服，一副高挑的女王風範，蓄勢待發要旗開得勝的樣子。

各桌的女人們，又開始嘰嘰喳喳了。

後話：2023新年快樂

　　跨過了偏沖太歲的2022年，2023年1月4日，這是回長庚總檢查的日子。

　　這七個多月的時間裡，每一個好朋友都還在為我擔心之餘，並且為我打氣加油。我常常在想，如果我是一只水母多好！不要常上醫院，照著鏡子就可以知道那個不該在我身上的東西有啥變化？

　　在還沒發現它之前，我實在很感恩上天：五十多歲了，我還有一付和年紀不太相應的皮囊，還可以不被嫌棄大大方方的上舞台；我身上沒有任何的慢性病，例行的血液檢查都是藍字；孩子大了，很自律，也很有上進心；學員們不離不棄，特愛我這個真心真意真功夫的老師，以致我收入穩定，除了奔波一些，小日子過得自由自在。

　　那當頭的一個棒喝，打懵了我這個努力而來的「人生勝利組」。

　　十多年前，重新進入社會工作，因為表演這類工作需要搶曝光率，才開始註冊了FB。每一個上社交平台的個人需求各異，對應我的初衷，只是想在平台上上傳工作有關的作品，方便需要的人可以找到我。我深深知道，沒有人不喜歡樂觀正面的人，所以我只會PO健康的文字和照片影片，也只喜歡讀同類的貼文。偶爾我也會是「可憐蟲」的樣子，過度消耗不分青

紅皂白的惻隱之心，但我很清楚，那只是一時的矯情。

　　有人開始留言「人生勝利組」、「贏家」這個詞給我，一直到現在，我沒有開心，甚至有點氣憤。還好，我把這本書寫完了，供大家一同反芻上面那兩個形容詞，其實只是證明，槍林彈雨後，我還好好活著。我牽著小時候的自己，用回憶重新走過那幾個依稀鮮明的過場，身體衰敗了，初衷不變。

　　我常這樣想，「擁有」，如果具有大大小小的形體，它們會塞滿在身邊，壓縮我的思想活動空間。所以，正當我認為自己什麼都有的時候，空氣並不新鮮。我常常一回到家，皮包一丟，直接往床上撲，也不想去點算皮包裡收了多少錢；累累地想睡，手機還在叮叮噹噹地響，全是令人窒息的擔心和好意。這種興奮不起來的人生，「有」多少，就「有」多累。如果我是「有中之有」，是不是不一樣？「有」滿檔的工作，也「有」處理雜事的經紀人，「有」專車接送的司機，「有」理性的粉絲……這樣的要求過分嗎？一個主菜搭三個配菜，「一有」搭「三有」，忙起來才划算。偏偏我常是「一有」搭「三無」，甚至「四無」或更多，倒賠起來就懷疑人生了。

　　數學不好的我，如今突然腦子靈光起來，才知道走過我生命卻嫌我笨的人，都是對的！

　　在計較「有」和「無」的實質與虛渺，我常以不心虛為首要，讓快樂排第二。對我而言，「擁有」的形體，愈巨大背得愈疲累，會讓我為自己抱不平，忽略了快樂的本質，應該是多多關切我心裡那個無力承受委屈的聲音，而不是誰為我冠上任何的頭銜和肯定。

那天，朋友分享了一個極有寓意的笑話給我：

「大師，我本來皮膚就黑，一到夏天太陽曬，就更黑了；別人都取笑我，我該怎麼辦？」

大師不言語，悠悠地把寺門打開，讓陽光投射進來。

「哦，我明白了。大師，您是不是要我打開心扉，不要在乎別人異樣的看法，對嗎？」

「呃，不是！老衲只是想看清楚，施主你到底在哪裡？」

人人是菩薩，禪的道理和答案，好像一直都在自己身上，不然，就是掉在成長的路上了。

我想停一下，揀一揀，拼一拼圖，把人生完整化！想出場時，倒也不用三顧茅廬，如今，只想多彌補自己一點，虧欠自己的照顧。「鞋差分，衣差寸，分分寸寸都留神。」一直在暗忖著合別人的意，我有點辛苦過頭了。

「前書」發起捐書和捐書款活動，本書比照辦理！寫完本書，明瞭自己擁有的已經太多了。由於環保緣故，本人也不想拼幾刷，書本是可以傳閱的，不一定得擺在自己家裡，捐到各大圖書館去，讓想看書的都人都有書看，就是個好事。

本書第一刷全額來自蔣大姐，她是我教了一期半的學生，參與了10/16的那場師生聯歡會，便說：「老師要做什麼我都支持。」賣書款還是捐給屏東內埔的關愛之家和雅音志工團，讓他們補充及換新歌唱設備，用歌聲自娛娛人，彼此療癒。由於上回讀者們捐款的反應熱烈，很多善心人士還透過我做額外捐款，本人為此代表這兩個受捐單位深深致謝。但是啊，小曼不受款呀！所以，經過這兩單位的同意，在書的最後，留下他

們另外的受捐帳號和連絡方式，切不要因為本人可能的日漸無力，影響了愛心的長久接力。

　　上次忘了感謝歌唱傳奇班的佳螢，貢獻她的畫作放在「前書」之中，愛心與共。這回當然就不會忘，感謝我的高中同窗麻吉惠紋，推薦兒子的插圖來為本書加分。未來大師陳品叡，加油！

　　再次感謝支持！

　　小曼

彼時此刻

國家圖書館出版品預行編目資料

彼時此刻／羅小曼著. --初版.--臺中市：白象文
化事業有限公司，2023.6
　　面；　公分
ISBN 978-626-7253-94-6（平裝）

863.55　　　　　　　　　112003826

彼時此刻

作　　者　羅小曼
校　　對　羅小曼
發 行 人　張輝潭
出版發行　白象文化事業有限公司
　　　　　412台中市大里區科技路1號8樓之2（台中軟體園區）
　　　　　出版專線：（04）2496-5995　　傳眞：（04）2496-9901
　　　　　401台中市東區和平街228巷44號（經銷部）
　　　　　購書專線：（04）2220-8589　　傳眞：（04）2220-8505
專案主編　陳婷婷
出版編印　林榮威、陳逸儒、黃麗穎、水邊、陳婷婷、李婕
設計創意　張禮南、何佳誼
經紀企劃　張輝潭、徐錦淳
經銷推廣　李莉吟、莊博亞、劉育姍、林政泓
行銷宣傳　黃姿虹、沈若瑜
營運管理　林金郎、曾千熏
印　　刷　基盛印刷工場
初版一刷　2023年6月
定　　價　250元

白象文化　印書小舖　PressStore　出版‧經銷‧宣傳‧設計
www.ElephantWhite.com.tw　f 自費出版的領導者　購書 白象文化生活館

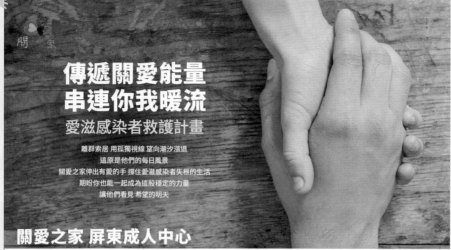

感謝狀

茲感謝　羅佳宸老師
暨全體歌唱班學生

捐贈「鳳凰花開時，我學會了笑」一書，共 100 冊，
以充實館藏，特贈此狀，以表謝忱。

代理館長 林奕成

中華民國 111 年 10 月 16 日

感謝狀

(111)高市自強明字第111043號

茲感謝
羅佳宸老師
暨全體歌唱班學生

熱心公益無私奉獻

捐贈「鳳凰花開時，我學會了笑」一書
與書款所得于自強雅音志工
特以此狀 謹致謝忱

社團法人高雄市自強身障關懷協會

理事長

胡明南

中華民國 111 年 10 月 16 日

關愛之家 Harmony Home Taiwan

感謝狀

衷心感謝

羅佳宸老師暨全體歌唱班學生

捐款新台幣參萬元整

幫助關愛之家照顧愛滋感染者與落難非本國籍人士與孩童；
並號召社會大眾，以實際行動支持需要幫助族群。

特贈此狀，以申謝忱

台灣關愛之家
創辦人　楊婕妤 Nicole

關愛感字第 1111016001 號　　中華民國 111 年 10 月 16 日　　內授中社團字第 1000701106 號